Ellen O

Esprits maléfiques

tome 1

LA MAISON DES POSSÉDÉS

traduit de l'anglais (États-Unis)
par Anne Delcourt

Nathan

À mon père, le meilleur des conteurs.
Tes histoires me manquent.

1

UN NOUVEL AMI

Le premier jour - Lundi matin

– Harper ! Viens vite !

Harper leva les yeux des affaires qu'elle était en train de déballer. Michael, son petit frère de cinq ans, sautillait d'un pied sur l'autre devant la porte de sa chambre. Il avait du mal à tenir en place. Elle essuya la transpiration qui perlait sur son front et s'éventa avec le livre qu'elle tenait à la main.

– Les toilettes sont en face, Mikey, lui signala-t-elle en se retournant pour reprendre ses rangements.

– J'ai pas besoin de faire pipi ! Je veux que tu viennes voir un truc dans ma chambre. Vite !

En courant, il vint lui prendre la main pour l'obliger à se lever.

– Ah, soupira Harper, je n'en peux plus de vider tous ces cartons. Je suis épuisée. Je crois que tu vas devoir m'emmener sur ton dos.

Et elle s'affala sur les épaules de son frère en lui faisant porter une bonne partie de son poids.

– Bon, d'accord, je vais t'aider, dit le petit garçon.

Il essaya d'avancer en tractant sa sœur sur son dos, mais ses petits pieds dérapaient sur le parquet. Il tira plus fort en grognant sous l'effort.

Au bout d'un moment, Harper finit par avoir pitié de lui. Elle se redressa en réprimant un sourire et s'étira.

– Ah, ça m'a bien aidée. Merci, p'tit frère !

Il la prit de nouveau par la main.

– Allez, viens !

Il faisait encore plus chaud dans le couloir et, pour la millième fois, Harper maudit leur nouvelle mais très vieille maison. Ce n'était pas pour rien qu'elle était restée inhabitée pendant plus de vingt ans : c'était une ruine. Quand leurs parents avaient décidé de s'installer à Washington, ils l'avaient choisie pour son « charme gothique ». Harper cherchait encore où était le charme. Après un an de travaux, la maison n'était toujours pas prête. Mais cela n'avait pas empêché Yuna et Peter Raine de déménager toute leur famille depuis New York en plein été.

Apparemment insensible à la chaleur, Michael l'entraîna en courant au bout du couloir. Sa chambre était claire et aérée, avec trois grandes fenêtres qui donnaient sur la rue. C'était la première pièce à avoir été aménagée et débarrassée de ses cartons. Leurs parents y avaient tout organisé et rangé avec soin. En revanche, au grand dam de Harper, ils avaient estimé qu'à douze ans, elle était assez grande pour installer sa chambre toute seule. Or, il n'y avait rien qu'elle détestait autant que vider des cartons. À part les remplir, peut-être.

En entrant dans la chambre de son frère, elle fut frappée par la fraîcheur presque anormale qui y régnait. Elle s'assit sur le lit, un peu déconcertée.

– Alors, qu'est-ce que tu voulais me montrer ? demanda-t-elle en ignorant le frisson qui parcourait sa colonne vertébrale.

– Billy, mon nouveau copain, répondit Michael en désignant le recoin occupé par son grand coffre à jouets.

Harper regarde dans la direction qu'il lui indiquait et ses cheveux se dressèrent sur sa nuque. Elle venait de sentir une sorte de tremblement dans l'air, comme si sa vision s'était brouillée l'espace de quelques secondes. Puis, plus rien. Perplexe, elle se tourna vers son frère.

– Tu ne le vois pas ? lui demanda-t-il d'un air déçu.

Il fixa le coffre un moment, puis hocha la tête.

– Billy dit qu'il faut être quelqu'un de spécial pour le voir. C'est que tu n'es pas quelqu'un de spécial, conclut-il tristement.

Ses paroles ranimèrent tout à coup un souvenir dans la tête de Harper. Elle se revit à cinq ans au même âge que Michael aujourd'hui, essayant de présenter sa meilleure amie à sa grande sœur.

« Je vais le dire à maman, que tu inventes des trucs ! menaçait Kelly.

– Même pas vrai ! Regarde, elle est là ! Pourquoi tu ne me crois pas ?

À ce souvenir, un vrombissement avait envahi les oreilles de Harper, qui sentit un début de migraine s'installer dans sa tempe droite. Elle inspira à fond et se concentra sur son petit frère. Mais avant qu'elle ait pu ouvrir la bouche, on frappa à la porte et leur mère entra.

– Michael, s'il te plaît, ne laisse pas tes jouets traîner dans le couloir, déclara-t-elle. Quelqu'un risque de se faire mal en se prenant les pieds dedans.

Elle avait dans les mains un vieux camion de pompiers en métal cabossé, aux allures de jouet de collection. Sa peinture rouge était ternie et écaillée. Les mots « Pompiers de la ville » figuraient en lettres d'or sur l'un de ses flancs. Une petite cloche en cuivre était suspendue à l'avant. Et de chaque côté du camion se dressait une échelle, chacune avec sa poulie munie d'une manivelle.

– Mais ce n'est pas à mo…

Michael s'interrompit et rectifia :

– C'est à Billy.

– Billy ? Qui est Billy ?

– C'est mon meilleur ami. Il habite ici.

Voyant une expression vaguement inquiète se peindre sur le beau visage de sa mère, Harper bondit sur ses pieds avec un rire sonore.

– On était en train de jouer à un nouveau jeu ! lança-t-elle. On invente des histoires sur les gens qui ont vécu ici. Hein, Mikey ?

Elle se retourna vivement vers lui et, les yeux écarquillés, posa un doigt sur ses lèvres pour le faire taire.

Il éclata de rire.

– Tu es trop marrante, Harper !

Elle l'attrapa, le jeta sur son lit et le chatouilla jusqu'à ce qu'il se torde de rire. Un coup d'œil furtif vers sa mère lui signala qu'elle s'était un peu détendue.

– Bon, dit Yuna. Mais la prochaine fois, fais attention.

Et elle sortit de la chambre après avoir posé le camion de pompiers sur la table de chevet.

Harper poussa un soupir de soulagement et s'affala sur le lit de son frère. Michael l'escalada pour s'asseoir sur son estomac.

– Pourquoi tu ne voulais pas que je parle de Billy ? demanda-t-il.

Harper revit le visage crispé de sa mère et son ventre se noua.

– Maman n'aime pas les choses qu'elle ne comprend pas.

– Parce qu'elle non plus, elle ne le voit pas ?

– Eh non.

Soudain, il lui sembla distinguer un mouvement du coin de l'œil. Perplexe, elle balaya la pièce du regard. Sa tête commençait à lui lancer.

– Bah, moi, je peux le voir. Alors c'est pas grave, conclut son frère.

Il sauta du lit, vida sa boîte de Lego sur la moquette et s'assit par terre.

– Viens, Billy, on va jouer !

Harper se dirigeait vers la porte lorsqu'il l'arrêta.

– Attends, Harper ! Billy dit qu'on ne doit pas monter au grenier.

– Pourquoi ?

Michael haussa les épaules.

– Il ne veut pas.

– De toute façon, je ne pense pas que papa et maman aient prévu de s'occuper du grenier tout de suite. Ils ont assez à faire avec l'air conditionné et tous les autres trucs qui ne marchent pas dans cette baraque débile.

Les pannes du système de climatisation étaient leur priorité. Ils n'étaient à Washington que depuis deux jours et souffraient déjà de la chaleur et de l'humidité. Mais Harper s'étonnait du froid qui régnait dans certains endroits de la maison. Dans la chambre de Michael, par exemple.

Celui-ci arrêta de jouer pour se tourner vers elle avec sérieux.

– Billy n'aime pas quand tu traites sa maison de débile.

– Je te signale que ce n'est pas sa maison, mais la nôtre.

– Non. C'est celle de Billy. Il habitait ici avant nous.

La fraîcheur qui régnait dans la pièce s'intensifia brusquement, au point que Harper sentit la chair de poule gagner ses bras. Elle tâtonna à la recherche de la poignée de porte, pressée de sortir.

De retour dans sa chambre, en revanche, elle fut saisie par un coup de chaud qui fit perler la sueur sur son front, comme un accès de fièvre. Elle qui maudissait la chaleur toute la journée, elle en fut presque soulagée. Au moins, cette température était plus normale que le froid de la chambre de son frère. Son mal de tête s'intensifiait. Si elle ne prenait rien, Harper serait bientôt submergée par la migraine. Elle prit la boîte à pilules que sa mère lui préparait tous les jours. Les autres médicaments étaient gardés sous clé dans l'armoire à pharmacie. Puis, après avoir avalé son aspirine, elle se remit à vider ses cartons.

En classant ses livres sur les étagères, elle tomba sur un petit album photo que sa mère lui avait offert juste avant leur départ de New York. Harper avait à peine eu le temps d'y jeter un coup d'œil. Elle s'assit sur son lit défait pour le feuilleter. Chaque photo portait son âge et la date. On retrouvait bien là la patte de Yuna, une avocate d'affaires méthodique jusqu'à l'obsession. Harper passa rapidement sur les quelques photos d'elle bébé. Elle sourit en se voyant à deux ans, en train de manger des spaghettis pour la première fois, puis à quatre ans sous le T. rex du Muséum d'histoire naturelle. Elle faisait une grimace atroce à Kelly, sa grande sœur, qui avait l'air de s'ennuyer à mort.

En regardant ces photos d'autrefois, Harper eut la sensation de se trouver devant un puzzle achevé auquel il manquait une pièce. Quel que fût l'angle sous lequel on l'examinait, on ne pouvait pas rater le trou béant qui se trouvait en plein milieu. L'ennui, c'était que Harper était incapable de dire à quoi ressemblait cette pièce manquante.

Et il n'y avait pas que cela. Depuis l'accident, rien n'avait plus jamais été pareil. En fait, Harper n'avait plus le sentiment d'être elle-même. Elle continua à feuilleter l'album en essayant d'ignorer son mal de tête. Mais plus elle pensait à ses souvenirs envolés, plus elle se sentait mal. Elle ne connaissait que les faits, ceux que ses parents lui avaient rapportés. À la rentrée précédente, il y avait eu un incendie au collège. Puis elle avait été hospitalisée à la suite d'un terrible accident. Mais elle ne se rappelait rien de ce qui lui était arrivé.

Dans l'album, elle trouva une photo d'elle sur son lit d'hôpital, avec une minerve autour du cou et les deux bras dans le plâtre. Devant elle, Kelly tenait un gâteau dans lequel Michael faisait semblant de croquer à pleines dents. C'était son douzième anniversaire. Harper souriait sur la photo, mais son regard semblait hagard.

Elle se frotta machinalement les avant-bras. Quand on lui avait enlevé ses plâtres six mois plus tôt, les médecins l'avaient avertie qu'elle risquait d'éprouver des « douleurs fantômes ». Or, elle avait surtout l'impression que ses bras étaient toujours plâtrés.

De mauvaises fractures aux bras, plusieurs côtes cassées et pas le moindre souvenir. Quoi qu'il ait pu se produire, Harper supposait que ça avait dû être grave pour que son esprit préfère tout effacer. Tenait-elle vraiment à se rappeler ?

LE JOURNAL DÉBILE DE HARPER À WASHINGTON

NOTE N° 1

Des trucs que je déteste :

1. Notre nouvelle vieille maison.

2. Parler de ce que je ressens.

3. Washington.

4. Écrire dans ce journal débile.

Si j'écris ici, c'est uniquement parce que Julie, ma psy, pense que ça va m'aider à retrouver mes souvenirs. Elle dit que je dois tout noter, maintenant que je vis à Washington, parce que je ne la vois plus et que je vais mettre un peu de temps à trouver un autre thérapeute. Franchement, je ne suis pas pressée. J'aimais beaucoup Julie. Et si je n'arrivais pas à trouver quelqu'un que j'aime autant ? Comment je ferais pour partager mes pensées les plus personnelles ? Déjà que je n'adore pas la thérapie...

Au moins, comme personne ne lira ce que j'écris, je peux m'amuser à changer de couleur d'encre et à faire des petits dessins partout. Ma sœur Kelly dirait que c'est du gâchis. Elle est contre le papier et vit toute sa vie sur Internet. Avant le déménagement, elle a passé une semaine à expliquer à tout le monde que le papier était mort. À la longue, c'était devenu tellement énervant que j'ai fini par aller piquer tout le papier toilette dans la salle de bains. Et j'ai écrit sur le miroir avec son rouge à lèvres: « Le papier est mort. » Depuis, elle me fiche la paix, mais elle me regarde de travers dès qu'elle me voit écrire dans mon carnet.

Je me moque de ce qu'elle pense. Moi, j'adore le papier. J'adore sentir sa texture quand j'écris ou que je dessine dessus, son odeur quand j'ouvre un carnet tout neuf. Mais si je rédige ce journal, c'est surtout pour retrouver mes souvenirs. Je ferais n'importe quoi pour me débarrasser de ce vide qui les remplace. Quelquefois, je panique sans même savoir ce qui m'inquiète autant. C'est horrible! C'est pour ça que j'écris dans ce journal débile: en espérant que ça va m'aider.

2

CETTE VIEILLE BARAQUE

Le premier jour - Lundi après-midi

Allongée par terre dans sa chambre dans la chaleur étouffante de la fin d'après-midi, Harper se rafraîchissait avec un joli éventail qui représentait un cerisier en fleur. Sa migraine avait disparu, mais elle était toujours cernée par les cartons et n'avait plus l'énergie de les vider. Elle avait juste réussi à ranger ses vêtements et ses trésors les plus précieux : les figurines de ses dessins animés japonais préférés, *Totoro* et le *Voyage de Chihiro*, et la boîte à bijoux noire laquée incrustée d'un motif de papillon en nacre que sa grand-mère lui avait rapportée de Corée.

Elle avait attaché ses longs et épais cheveux bruns en chignon au sommet de son crâne, mais la sueur continuait à couler sur sa nuque.

« Je déteste cette ville », se dit-elle.

Elle aurait donné cher pour retrouver l'air conditionné de son ancien appartement à New York. Là-bas aussi, l'été pouvait être torride, mais on trouvait partout des endroits climatisés où se réfugier. Ici, dans le quartier de Washington où vivait la famille Raine, le magasin le plus proche était à plus de trois kilomètres et il faisait simplement trop chaud pour les faire à pied. Kelly avait son permis[1], mais elle refuserait sûrement de sortir. Elle était bien trop occupée à bavarder en ligne avec ses copines. Le seul espoir de Harper était que l'un de ses parents accepte de laisser tomber les cartons pour l'emmener au centre commercial. Elle ferma les yeux et s'imagina dans une série d'environnements froids : couchée à plat ventre dans une patinoire, la joue contre la glace ; la tête dans le congélateur ; en train de manger…

– De la glace ! lança soudain la voix de sa mère depuis le rez-de-chaussée. Qui veut aller chercher de la glace ?

Harper ouvrit grand les yeux. « Waouh… Quel talent ! songea-t-elle. Je suis trop forte ! »

– Harper ! Tu viens ? l'appela Michael en dévalant l'escalier avec des petits cris surexcités.

Elle s'extirpa de ses pensés et se leva en souriant.

---

1. *Dans la majorité des États américains, on peut passer le permis dès l'âge de seize ans.*

Alors qu'elle sortait dans le couloir, Kelly ouvrit sa porte, laissant échapper une bouffée d'air frais brassé par le gros ventilateur du plafond.

– Hé ! lança Harper en glissant un coup d'œil furieux dans la pièce. Pourquoi tu as droit à un ventilateur et pas moi ?

Elle voulut se glisser à l'intérieur, mais sa sœur referma aussitôt derrière elle pour l'en empêcher.

– Parce que je révise mes exams, si tu veux savoir. N'imagine même pas que tu pourrais entrer dans ma chambre.

Sans s'écarter de la poignée, elle cria :

– M'man, tu me prends un Mocha Frappuchino ?

Puis, dès qu'elle eut entendu la réponse affirmative de sa mère, elle s'engouffra de nouveau dans sa chambre en claquant la porte. Harper descendit l'escalier avec un soupir exaspéré.

– C'est pas juste, m'man ! geignit-elle. Il fait frais dans la chambre de Michael. Papa et toi, vous avez un ventilateur au plafond, et Kelly aussi. Pourquoi moi, j'en ai pas ? Il fait trop chaud dans cette maison !

– Tu peux dormir avec moi, si tu veux, lui proposa son frère.

– Merci bien ! répondit-elle en lui ébouriffant les cheveux. Tu gigotes comme un asticot en dormant. Je me réveillerais avec des bleus partout.

Sans parler du côté tout à fait anormal de la fraîcheur qui régnait dans la chambre de Michael. Pas question de passer une nuit là-dedans.

Sa mère était en train de s'examiner dans le vieux miroir de l'entrée, au cadre doré et sculpté. Comparée à sa grâce menue, Harper avait toujours l'impression d'être un éléphant. Le fait que Kelly fût le clone de Yuna n'arrangeait rien. À douze ans, Harper les dépassait déjà de dix centimètres. Un bref coup d'œil dans le miroir lui confirma qu'en effet, elle ne leur ressemblait en rien. Son visage était rond et non ovale, ses cheveux bruns étaient ondulés, ses joues parsemées de taches de rousseur et non pâles et unies. Tout ce qu'elle avait hérité de Yuna, c'était ses yeux en amande, un peu bridés, mais sans ses longs cils fournis. Même lorsqu'elle souriait, on la trouvait simplement mignonne, jamais belle comme sa mère et sa sœur. Elle s'en moquait, de toute façon.

À cet instant, une sensation insidieuse fit courir un frisson dans son dos. Une sensation très étrange, comme si on l'épiait. Elle leva les yeux vers la cage d'escalier, s'attendant presque à voir quelqu'un l'observer par-dessus la rampe. Instinctivement, elle recula jusqu'au miroir et posa la main sur son cadre doré. Cet objet ancien avait quelque chose de rassurant. Elle l'avait toujours connu. Lorsque sa mère avait envisagé de le remplacer par un miroir plus moderne, Harper avait paniqué et refusé de s'en séparer, demandant qu'il soit accroché dans sa chambre. Finalement, il s'était retrouvé dans l'entrée, comme dans leur appartement à New York. C'était un objet familier, un point de repère stable sur lequel elle pouvait compter. Comme à cet instant. La drôle de sensation s'atténua tandis qu'elle s'accrochait au cadre.

Ayant fini de se recoiffer, Yuna les entraîna dehors.

– Maman, tu m'as entendue ? insista Harper. Moi aussi, je veux un ventilateur au plafond !

– Oh, chérie, répondit Yuna. Je suis désolée, mais ça risquerait de provoquer un court-circuit. L'électricien et le réparateur de la climatisation viennent demain. Avec un peu de chance, une fois que tout sera arrangé, tu n'auras même pas besoin de ventilateur.

Et elle poussa sa fille dans le monospace à la suite de Michael en ignorant son air boudeur.

– S'il fait trop chaud, tu pourras toujours dormir en bas dans le canapé, conclut-elle. Il fait un peu plus frais dans le salon.

– Super, grogna Harper en aidant son frère à attacher sa ceinture. Encore une nuit à transpirer.

Elle n'avait jamais le droit d'avoir quoi que ce soit à elle.

Michael lui tapota la main pour la consoler.

– Bah, c'est pas si grave. Et on a tout plein de place, maintenant !

En effet, la vieille maison était énorme comparée à leur appartement à Manhattan. Et Harper appréciait d'avoir sa chambre à elle au lieu de devoir la partager avec Kelly. Mais Washington n'avait rien à voir avec New York. Le métro était beaucoup moins pratique. Et puis ici, les gens se disaient bonjour dans la rue et s'arrêtaient pour bavarder. Trop bizarre.

Alors non, elle n'aimait pas Washington. Le seul avantage qu'elle voyait à ce déménagement, c'était qu'il les rapprochait de leur grand-mère. Harper ne l'avait pas vue depuis ses sept ans. Elles se parlaient au téléphone pour son anniversaire, à Noël et au Nouvel An, et s'écrivaient le reste du temps. La vieille dame n'était pas une fan du téléphone, mais elle adorait envoyer des cartes et des petits cadeaux.

– Quand est-ce qu'on va voir mamie ? demanda-t-elle.

Leur mère démarra et s'engagea sur la chaussée. Harper la vit serrer les lèvres dans le rétroviseur.

– Je ne sais pas. On est un peu occupés en ce moment.

– Oui ! s'écria Michael, tout excité. Je veux aller chez elle ! Je ne l'ai jamais vue ! On se parle seulement au téléphone !

– Plus tard, répliqua Yuna.

Harper soupira bruyamment. Il y avait à peine quelques jours, elle avait entendu son père dire à sa mère qu'elle devrait faire la paix avec mamie Lee, maintenant qu'elles vivaient si près l'une de l'autre.

– On peut quand même l'appeler pour lui dire qu'on habite ici, non ? insista-t-elle.

– Bon, ça suffit, Harper ! riposta Yuna.

Un silence tendu tomba à l'intérieur de la voiture. Harper glissa un regard vers son frère, qui boudait en avançant la lèvre inférieure.

– Ça veut dire que mamie ne veut pas nous voir ? demanda-t-il à sa mère d'une voix tremblante.

Celle-ci passa une main dans ses cheveux dans un effort pour se calmer.

– Mais non, chéri, pas du tout, dit-elle avec un soupir. Elle vous adore. C'est entre elle et moi qu'il y a un problème. On n'est jamais d'accord sur rien.

Avant que Michael puisse poser de nouvelles questions, Harper le fixa avec insistance en faisant non avec la tête. Leur mère paraissait triste et en colère, mais c'était pour son petit frère que Harper avait de la peine. Elle ne savait pas pourquoi mamie avait arrêté de leur rendre visite. Mais elle, au moins, se rappelait le temps où ils la voyaient régulièrement. Elle savait combien leur grand-mère était super. Quand Harper était petite, elle venait une fois par mois préparer un repas coréen et leur achetait des friandises au marché coréen. Même s'ils ne l'avaient pas vue depuis presque cinq ans maintenant, Harper se souvenait parfaitement d'elle. Petite, elle adorait la gaieté de la vieille dame, la façon dont les coins de ses yeux se plissaient quand elle souriait, l'odeur d'orange qui flottait toujours autour d'elle.

On lui avait expliqué que les voyages devenaient fatigants pour elle. Mais mamie Lee avait même cessé de venir à Noël, et Harper avait compris qu'il y avait eu une grosse dispute entre sa mère et sa grand-mère. Quand elle avait interrogé Kelly, celle-ci lui avait répondu : « C'est à cause de toi… C'est toujours à cause de toi. »

Harper frissonna. Cette réponse l'avait tellement bouleversée qu'elle n'avait plus jamais posé de questions.

En voyant que le monospace entrait dans le parking du supermarché, Harper poussa un soupir de déception.

– Qu'est-ce qu'il y a encore ? lança sa mère d'un ton irrité.

– Rien.

Elle aurait voulu aller au centre commercial. Ça aurait été sympa de se promener tranquillement au frais, à regarder les gens. C'était une de ses occupations préférées à New York. Là-bas, il y avait partout des gens intéressants à observer. En comparaison, elle trouvait la banlieue de Washington sans aucun intérêt.

Harper arpenta les allées du supermarché d'un pas traînant, jusqu'à ce qu'elle manque se cogner dans une vieille dame. Sa peau était si pâle qu'elle en était presque translucide et ses cheveux étaient d'un jaune cuivré, assorti à la couleur de ses grandes dents chevalines. Harper ne put s'empêcher de la dévisager.

– Qu'est-ce que tu regardes comme ça ? ronchonna la vieille dame. On ne t'a pas appris la politesse ?

Sous l'effet de la surprise, Harper ne trouva même pas quoi répondre.

– Qu'est-ce qu'il y a ? reprit la femme. Tu ne parles pas anglais ?

– Bien sûr que si, répliqua Harper, indignée.

– D'où es-tu ?

– De New York.

– Non, non, je veux dire, de quel pays ? D'où viennent tes parents ?

Harper avait appris à toujours respecter ses aînés, mais elle sentait la colère monter. Elle savait parfaitement où la vieille femme voulait en venir : elle lui demandait quel était son pays d'origine. Harper avait souvent entendu cette question. Elle la perturbait chaque fois, en lui donnant le sentiment de ne pas avoir sa place dans ce pays-ci.

– Mon père est né dans le Queens, à New York, et ma mère dans le Maryland.

– Tu as été adoptée, alors ?

– Pas du tout, je suis née ici. Je suis américaine.

– Avec la tête que tu as ? Certainement pas.

Harper eut l'impression d'avoir reçu une gifle. La colère commençait à bouillonner dans ses veines. Mais avant qu'elle ait pu traiter la vieille dame de raciste, sa mère apparut avec Michael.

– Quelque chose ne va pas? demanda-t-elle en posant une main apaisante dans le dos de sa fille.

– Vous, lui déclara la femme, je vois bien que vous êtes chinoise. Décidément, je ne comprends pas ce qui empêche les Chinois d'apprendre la politesse à leurs enfants. Ça ne se fait pas de fixer les gens. C'est grossier.

– Je ne suis pas chinoise, lui répondit Yuna avec douceur. En fait, je suis d'origine coréenne, et je regrette que ma fille ait pu faire quoi que ce soit pour vous froisser. Elle est très bien élevée et ne se montrerait jamais impolie volontairement. À moins d'y avoir été poussée.

– Qu'est-ce que ça veut dire ?

– Je vous souhaite une bonne journée, conclut Yuna avant de s'éloigner rapidement avec ses deux enfants.

Ce n'est qu'à bonne distance de là, dans une autre allée, qu'elle lâcha la main de sa fille.

– Ça va, chérie ?

– Je n'étais jamais tombée sur une personne âgée raciste, bredouilla Harper, encore sous le choc.

– Des racistes, dit sa mère d'un air triste, il y en a de toutes les formes, de toutes les tailles, de toutes les couleurs et de tous les âges. Mais ne les laisse pas te blesser. Cela leur donne un pouvoir qu'ils ne méritent pas.

– Elle a dit qu'avec la tête que j'avais, je ne pouvais pas être américaine.

– Elle est simplement jalouse de ta beauté, dit Yuna en prenant le visage de sa fille entre ses mains pour déposer un baiser sur son nez.

– Ouais ! s'exclama Michael. C'est vrai, Harper ! Toi, tu es super belle alors qu'elle, elle était super moche !

– Michael ! le rabroua sa mère. Ce n'est pas très gentil.

– Et alors ? Elle, elle a été méchante avec Harper ! Je ne l'aime pas, ajouta-t-il en croisant les bras. En plus, elle avait les dents toutes jaunes et elle sentait mauvais.

– Michael ! répéta sa mère d'un ton sévère.

Mais Harper vit qu'elle se retenait de rire. Et elle-même ne put s'empêcher de sourire de la véhémence de son frère. Bientôt, le babillage du petit garçon dissipa sa colère et sa peine. Un quart d'heure plus tard, ils chargeaient leurs glaces et autres provisions dans le coffre et reprenaient la direction de la maison.

À peine rentré, Michael fila dans sa chambre. Harper monta à son tour et s'attarda près de la porte ouverte de son frère en finissant sa glace. Elle en profita pour écouter d'une oreille inquiète sa conversation avec son nouvel ami imaginaire. Soudain, Michael se tut. Quand il se remit à parler, ce fut à voix basse, comme s'il était angoissé. Harper s'approcha davantage.

– Pardon, je ne t'ai pas apporté de glace, chuchota-t-il. Tu veux un peu de la mienne ?

Harper entendit un bruit sourd, suivi d'un cri de détresse.

– Hé ! Pourquoi tu as fait ça ?

Harper se précipita dans la chambre et vit Michael occupé à ramasser les débris de sa glace à l'eau. Elle était en miettes. Puis, les lèvres tremblantes, le petit garçon entreprit de nettoyer la tache rouge qui s'étalait sur la moquette.

Harper prit des mouchoirs en papier et s'accroupit près de lui pour l'aider.

– Qu'est-ce qui s'est passé ?

– Billy s'est fâché parce que je ne lui ai pas rapporté de glace. Alors il a fait tomber la mienne. Il a dit que, comme ça, je n'en aurais pas non plus.

Harper aurait éclaté de rire si son petit frère n'avait pas eu l'air aussi atterré. L'excuse qu'il avait trouvée pour avoir fait tomber sa glace ne manquait pas d'imagination.

– C'est pas sympa de sa part, fit-elle. Tu sais quoi ? On va s'en prendre une autre et aller la manger dehors sur les marches.

Mais Michael secoua tristement la tête.

– J'ai plus envie. Et puis, je dois rester ici pour jouer avec Billy.

À ces paroles, Harper se figea et ses bras se couvrirent de chair de poule. Une bribe de souvenir venait de passer en flottant dans sa tête. Les détails lui échappaient, mais la sensation était angoissante. Elle se pencha pour relever son frère et le fit se tourner face à elle.

– Ah ouais ? s'exclama-t-elle. Ça, ça m'étonnerait. J'ai besoin d'un prétexte pour manger une deuxième glace. Et mon prétexte, c'est toi.

Puis elle le porta jusque dans le couloir, où régnait une chaleur étouffante.

Michael se libéra en gloussant et dévala l'escalier.

– Je vais être prems ! cria-t-il.

À cet instant, la porte de sa chambre se referma en claquant. Harper se retourna pour la fixer avec étonnement.

« Sûrement un courant d'air. Fichue vieille baraque. »

Elle réprima un frisson et s'éloigna en évitant de regarder derrière elle.

LE JOURNAL DÉBILE DE HARPER À WASHINGTON

NOTE N° 2

Des trucs que je déteste :

1. Il fait bien trop chaud et humide à Washington.

2. Les magasins sont trop éloignés pour qu'on y aille à pied.

3. Cette maison est vieille et flippante. Et il y a des moments où elle sent mauvais.

4. Les cauchemars.

Depuis que je suis arrivée à Washington, je n'arrête pas de faire des cauchemars horribles. Ils sont super réalistes et détaillés. Dedans, j'ai l'impression de penser, d'agir et de bouger de manière très réelle. Pourtant, tout ça se passe uniquement dans ma tête, pas vrai ?

Il m'arrive même de rêver quand je ne dors pas. Je suis assise et, brusquement, je me retrouve dans un rêve. C'est comme regarder un film d'horreur où un personnage fonce droit sur un danger mortel, au lieu de le fuir comme n'importe qui d'un peu intelligent. Et on voit son air horrifié quand il se rend compte de sa bêtise. Je déteste ces films.

Vrai : Dans la vie réelle , les gens fuient le danger. Et dans mon cauchemar, c'est moi qui marche tout droit dans le piège du monstre. Je ne peux pas m'en empêcher. Sauf que je ne vois jamais la fin. Je me réveille toujours pile au moment où j'arrive dans l'obscurité. Voilà à quoi ressemblent mes rêves. Super frustrants. Je sais que, s'ils pouvaient durer un tout petit peu plus longtemps, je découvrirais ce qui m'est arrivé à Briarly et je pourrais arrêter d'écrire ce journal débile. Pardon, journal, je n'ai rien contre toi. Mais essayer de me souvenir, c'est comme nager dans de la gelée. Ma mémoire est toute sombre et embrouillée et j'ai du mal à faire la différence entre le réel et l'imaginaire. Entre le vrai et le faux.

Vrai :

Il y a eu un incendie dans mon collège.

J'ai été envoyée à Briarly, une clinique psychiatrique pour enfants à New York.

Là-bas, il y a eu un terrible accident dont je suis sortie avec des fractures aux deux bras, aux côtes et à la clavicule.

Faux :

Je me suis fait ça moi-même.

À l'époque, la police est venue me poser des tas de questions auxquelles je n'ai pas su répondre. L'officier de police m'a dit que, d'après le directeur de la clinique, ils n'avaient pas commis de faute et j'avais dû me blesser toute seule. Mais le policier a ajouté que c'était impossible. Au service des urgences, les médecins ont conclu que mes blessures n'avaient pu être causées que par une chute de très haut, ou un choc violent. Pour tout arranger, les images de vidéosurveillance de cette nuit-là étaient pleines de blancs et de parasites.

Je suis la seule à savoir ce qui s'est passé... et je ne me souviens de rien.

Les médecins appellent ça de l'amnésie dissociative. Le choc physique plus le traumatisme lié aux événements, c'était trop pour mon cerveau. Alors j'ai tout oublié.

Mes parents ont porté plainte contre Briarly. Pour éviter un procès, la direction de la clinique a préféré nous verser une grosse somme en dommages et intérêts, que mes parents ont mise de côté sur un compte bancaire à mon nom. Normalement, ça représente assez d'argent pour que j'aie de quoi vivre jusqu'à la fin de ma vie.

Mais je crois que je préférerais retrouver la mémoire.

3

DANS LE QUARTIER

Le deuxième jour - Mardi après-midi

Harper avait besoin de sortir. À la maison, entre l'électricien, le plombier et les installateurs de la climatisation qui essayaient d'avancer tous en même temps, ses parents craquaient. Si sa mère était nerveuse par nature, son père était normalement quelqu'un de serein. Elle ne l'avait jamais vu aussi à cran. Michael et Kelly se terraient chacun dans leur chambre, et Harper avait l'impression de devenir dingue.

Malgré la canicule, elle se dit que ça ne pouvait pas être pire dehors. Elle n'eut pas de mal à se glisser dans le garage sans se faire remarquer. Son vélo et son casque étaient là, appuyés contre le mur. Elle ne s'en était pas servie depuis un moment. Alors qu'elle allait ouvrir la porte, elle tressaillit en entendant un mouvement derrière elle. Cette maison lui mettait les nerfs à vif, et elle détestait ça.

– Alerte évasion ! tonna une voix.

Harper se retourna. Son père, Peter, l'observait d'un air amusé. Avec son mètre quatre-vingts, il était le seul membre de la famille à côté de qui elle avait encore l'impression d'être petite.

– Je vais devoir prévenir les gardes que l'un des prisonniers tente de s'évader.

– Je me suis dit que j'allais faire un tour à vélo dans le quartier, expliqua-t-elle. Je n'en peux plus de vider les cartons.

Une brusque sensation de froid dans la nuque la fit tressaillir de nouveau et elle se frotta le cou. En relevant les yeux, elle vit l'expression inquiète de son père et baissa la main.

– Ça va, chérie ? Tu as mal quelque part ?

Elle se força à sourire. Elle savait qu'il pensait à ses fractures.

– Non, non ! Tout va bien. J'ai juste besoin de sortir.

Il semblait sur le point d'insister, quand l'un des ouvriers l'appela.

– Il faut que j'y aille, lui dit-il. De toute façon, tu connais la musique : « Mets ton casque, sois prudente, prends ton portable avec toi, ne t'éloigne pas trop et sois rentrée dans deux heures. » Ça marche ?

Il la regardait droit dans les yeux.

Elle hocha la tête et fila avant qu'il ait eu le temps de parler à Yuna et de changer d'avis. Depuis l'accident, ses parents la surprotégeaient. Julie, la psychologue, avait fini par leur rappeler qu'avoir des activités normales faisait aussi partie du processus de guérison. Mais sa mère avait encore tendance à la garder le plus possible à l'abri à la maison.

À l'extérieur, il devait faire au moins trente-cinq degrés sans un nuage dans le ciel. Mais ça ne dérangea pas Harper plus que cela. Elle se sentait libre et détendue, tout à coup, comme si elle pouvait enfin respirer. Elle était contente de se retrouver dehors et de se lancer à la découverte de son nouveau quartier. Pendant quelques instants, elle envisagea de chercher la maison de sa grand-mère. Mais elle ne connaissait pas le chemin. Et sa mère lui en voudrait probablement à mort.

Avec un soupir, Harper prit la direction du parc le plus proche, qu'elle trouva assez désert. Elle y croisa une mère avec ses jeunes enfants et un homme qui promenait son chien, mais personne de son âge. Elle poursuivit sa route. Elle avait entendu dire qu'il y avait une bibliothèque dans le coin. N'ayant qu'une vague idée de l'adresse, elle s'engagea doucement dans la rue, et freina lorsqu'un petit chien blanc pila devant elle en aboyant furieusement.

– Citrouille ! Vilaine chienne !

Une fille pas très grande, à la peau mate et aux cheveux coiffés en tresses serrées, prit vivement le chien dans ses bras. L'animal se tortilla dans tous les sens.

– Désolée, dit la fille. Citrouille a un problème avec les vélos.

– Citrouille ? répéta Harper d'un ton incrédule.

L'autre leva les yeux au ciel.

– Je sais, c'est un nom idiot. C'est la chienne de ma grand-mère. Si on m'avait laissée choisir, je lui aurais donné un nom qui lui allait, comme Tête à Claques, ou Boulet.

Harper éclata de rire.

– Tu ne l'aimes pas beaucoup, on dirait.

Citrouille continuait à se débattre pour esquiver la laisse.

– Attends, je vais t'aider, proposa Harper.

La fille la remercia tandis qu'elle fixait la laisse au collier, et l'animal hyperactif put enfin être reposé par terre. Il se mit aussitôt à courir autour de Harper en testant les limites de la laisse rétractable.

– Je n'ai rien contre elle, en fait, répondit la fille. C'est juste le chien le plus gâté et le moins bien dressé de la terre. Du coup, j'ai horreur de m'occuper d'elle. Mais comme ma grand-mère est partie en croisière pour dix jours, je me retrouve avec sa précieuse Citrouille sur les bras.

Elle regarda Harper avec un grand sourire avant d'ajouter :

– Je m'appelle Dayo. Dayo Clayton. Je ne t'avais jamais vue par ici. Tu habites dans le quartier ?

Harper acquiesça en hochant la tête :

– On n'est là que depuis trois jours.

– Et d'où tu viens ?

Harper se crispa légèrement, se demandant ce qu'elle voulait dire par là.

– De New York.

– C'est cool ! C'est là que je veux vivre plus tard. Et tu vas au collège de Little Ridge à la rentrée ?

Harper se détendit et haussa les épaules.

– Je ne sais pas comment il s'appelle. Mais j'entre en cinquième.

– Moi aussi ! s'exclama Dayo. Avec un peu de chance, on va se retrouver toutes les deux dans la même classe ! Sauf si tu vas dans un collège privé, évidemment.

Harper secoua la tête.

– Non. Dans notre famille, on va dans le public.

Dayo sourit joyeusement et se lança dans une description détaillée du collège et de ses élèves.

Harper se dit que cette fille lui plaisait beaucoup. Elle aimait bien ses dents du bonheur, que Dayo révélait quand elle souriait, et les taches de rousseur qui lui couvraient le nez et les joues. Pour la première fois depuis le déménagement, elle entrevit une timide lueur d'espoir. Les deux filles continuèrent à parler en faisant le tour du pâté de maisons derrière Citrouille. La petite chienne était visiblement persuadée d'avoir pris le commandement des opérations.

Au bout d'une demi-heure, elle s'affala sur le trottoir, la langue pendante.

– Bon, je ferais mieux de ramener Tête à Claques à la maison, déclara Dayo. J'habite à côté, dans Davenport Street. Et toi ?

– On vient d'emménager dans la plus vieille maison du quartier. Tu sais, celle dont on se dit qu'elle aurait dû s'écrouler depuis vingt ans.

Les yeux brun chaud de Dayo s'ouvrirent tout grands et ses taches de rousseur semblèrent ressortir sur sa peau.

– Oh ! Tu es de la famille qui s'est installée chez le vieux Grady ? Tout le monde se demandait qui avait pu acheter cette maison ! Elle est vraiment hantée, alors ?

Il y avait un mélange de peur et d'admiration dans sa voix. Mais Harper fut perturbée par sa question.

– Comment ça, hantée ?

Dayo plissa le front d'un air grave.

– Eh bien, si cette maison est vide depuis si longtemps, c'est parce que personne ne réussit à y vivre. On raconte que Grady avait passé un pacte avec le diable pour devenir immortel. Un beau jour, il a disparu. Personne ne sait ce qu'il est devenu. Mais depuis, il se passe des choses horribles là-bas. Il paraît que des enfants y sont morts.

– *Morts* ? Mais qu'est-ce qui s'est passé ?

– Je ne sais pas trop. Je sais juste que c'était moche.

Les cheveux de Harper se dressèrent sur sa nuque et elle réprima un frisson. Elle parvint quand même à se forcer à rire.

– C'est des salades, tout ça, dit-elle. De vieilles histoires pour faire peur aux gens et les tenir éloignés de la maison.

– On peut dire que ça a marché ! Personne ne s'approche jamais de la maison du vieux Grady.

– Eh bien, maintenant, elle s'appelle la maison Raine, rectifia Harper. Tu viendras me voir ?

Dayo parut partagée entre l'envie de dire oui et la peur qui la retenait.

– OK, dit-elle enfin. Je demanderai à ma mère. Demain, je ne peux pas, je vais chez ma tante. Souvent, le mercredi, je garde mon petit cousin George pendant qu'elle va à son atelier d'écriture.

Elle leva les yeux au ciel.

– Elle veut devenir écrivain ! Moi, j'ai l'impression que son groupe passe plus de temps à parler et à manger qu'à écrire ! En tout cas, ça dure toujours des heures. Ma mère me dépose juste après le déjeuner et revient me chercher pour le dîner. Enfin, l'avantage, c'est que je suis payée. Et le reste de la semaine, je suis libre. Je peux venir chez toi jeudi, par exemple.

Harper acquiesça avec un hochement de tête.

– Parfait ! Moi, je n'ai rien d'autre à faire que vider des cartons toute la semaine, ajouta-t-elle avec une grimace. Sans compter qu'on meurt de chaud dans ma chambre. C'est atroce.

– Et si on allait chez moi là? proposa Dayo. Tu pourrais m'aider à apprendre à Tête à Claques le sens du mot «assis». En plus, ma mère est traiteur et elle prépare les meilleurs cookies du monde.

Harper accepta avec joie et suivit Dayo jusqu'à une petite maison blanche, égayée par une porte jaune et des volets bleus. Elle fut accueillie par la mère de Dayo, une femme joyeuse à l'épaisse chevelure crêpue retenue par un foulard multicolore. Sa fille lui ressemblait beaucoup, jusqu'aux taches de rousseur qui lui piquetaient le nez.

– Tu es la première amie de Dayo qui enlève ses chaussures sans que j'aie besoin de le lui demander, dit Mme Clayton avec un sourire approbateur en voyant Harper laisser ses baskets dans l'entrée.

Harper sourit à son tour.

– Ma mère est coréenne, expliqua-t-elle. Chez nous, personne n'a le droit d'entrer dans la maison avec ses chaussures. Mais c'est surtout parce qu'à New York, les rues sont bien plus sales qu'ici.

La maison de Dayo était lumineuse et colorée, et les arômes les plus appétissants flottaient dans l'air. Toutes sortes de choses se préparaient en cuisine : Harper reconnut les effluves sucrés des cookies en train de cuire, mais aussi le riche fumet de la viande qui mijote. Elle saliva.

– Quelle est cette odeur délicieuse ? demanda-t-elle en inspirant à fond, les yeux fermés.

– Je pense que tu parles du ragoût de queue de bœuf à la jamaïcaine, le plat préféré de Dayo, répondit Mme Clayton. Je t'en donnerais volontiers, mais il lui manque encore quelques heures de cuisson. Tu veux rester dîner avec nous ?

– Oui, s'il te plaît ! lança Dayo. Ma mère fait le meilleur ragoût de queue de bœuf du monde ! On le sert avec du riz et des petits pois, c'est le top du top ! Tu en as déjà goûté ?

– J'ai déjà mangé de la soupe de queue de bœuf coréenne, mais elle ne sentait pas aussi bon ! J'aurais bien voulu passer la soirée avec vous mais je dois rentrer chez moi pour le dîner.

– Alors ce sera pour la prochaine fois ! dit Mme Clayton. En attendant, vous pouvez toujours vous rabattre sur mes cookies aux flocons d'avoine, cranberries et chocolat blanc.

Le parfum alléchant qui s'échappait du four consola un peu Harper de ne pas pouvoir rester dîner. Elle s'assit avec empressement à la table de la cuisine avec Dayo et engouffra les divins cookies encore tout chauds. Mme Clayton leur avait servi du lait bien froid, qui formait un contraste parfait avec les biscuits.

– Ce sont les meilleurs cookies que j'ai jamais mangés de toute ma vie, Mme Clayton ! s'exclama Harper.

– Je te l'avais dit, triompha Dayo, ma mère est la plus grande chef du monde entier.

Harper soupira.

– Tu as de la chance ! Mes parents ne cuisinent presque jamais. Ou alors ils préparent des trucs super nuls.

– Eh bien, maintenant que tu nous connais, tu peux venir manger avec nous quand tu veux, lui dit Dayo.

Une douce chaleur remplit le cœur de Harper, accompagnée d'une pensée qui n'était plus pour elle qu'un lointain souvenir : la certitude d'avoir trouvé une vraie amie.

Ensuite, Dayo essaya sans succès de faire obéir Citrouille aux ordres les plus simples et Harper s'amusa à la regarder s'énerver.

Au bout de la dixième fois où la chienne se moquait de ce que Dayo lui disait, elle se décida à voler à son secours :

– C'est parce que tu es trop gentille, Dayo. En entendant ta voix toute douce, elle sait que c'est elle, le chef. Essaie de te montrer plus ferme.

Une fois de plus, son amie ordonna à la chienne de s'asseoir, mais celle-ci ne l'écouta pas.

– J'abandonne, dit Dayo en levant les mains en l'air. Vas-y, essaie, toi.

Harper se leva et s'approcha de Citrouille en se dressant de toute sa hauteur. D'une voix forte et assurée, elle commanda à la chienne de s'asseoir. Citrouille obéit aussitôt. Dayo la fixa d'un air admiratif.

– Comment tu fais ça ?

– Oh, elle est assez maligne pour comprendre que c'est moi qui commande.

– C'est peut-être parce que tu es plus grande que moi, soupira Dayo. Ma grand-mère aussi est petite.

– Ça n'a rien à voir avec la taille. C'est entièrement une question d'attitude. Par exemple, là, tiens-toi bien droite, regarde-moi dans les yeux et ordonne-moi de m'asseoir.

Dayo écarquilla les yeux de surprise.

– Mais...

– Vas-y ! Pas méchamment, mais super fermement.

Dayo bondit sur ses pieds, rejeta les épaules en arrière et, de sa voix la plus puissante, donna son ordre à Harper. Celle-ci obéit sur-le-champ. Citrouille en fit autant.

– Maintenant, garde le même ton pour donner un ordre à Citrouille, poursuivit Harper.

Avec une toute nouvelle assurance, son amie reprit le dressage de la petite chienne, qui, cette fois, l'écouta.

– C'est dingue ! s'exclama Dayo, ravie. Comment sais-tu ce qu'il faut faire ? Tu as un chien ?

– Non. J'aimerais bien, mais mon père est allergique et ma mère n'aime pas les chiens. Ma grand-mère en a un, un yorkshire qui s'appelle Monty. Il est tellement bien dressé que, même si tu lui mettais une tranche de bacon sous le nez, il n'y toucherait pas sans la permission de ma grand-mère.

– Waouh. Tu crois que Citrouille pourrait devenir aussi bien élevée ?

– Pourquoi pas ? Si tu continues comme ça, ça peut marcher. Elle a l'air plutôt intelligente, pour un chien qui s'appelle Citrouille.

Elles éclatèrent de rire toutes les deux.

– C'est vraiment bête que tu n'aies pas de chien, dit Dayo.

– Pourquoi ?

– Parce que si ta maison est vraiment hantée, il aurait pu t'aider à chasser les fantômes, répliqua Dayo en blaguant. Mais je pourrais peut-être te prêter Citrouille pour un jour ou deux.

Harper sourit à son tour.

– Je me demande qui aurait le plus peur, entre le fantôme et Citrouille, répondit-elle.

Dayo gloussa, mais l'humeur de Harper s'était assombrie. À la pensée de sa maison, c'était comme si un nuage noir s'était arrêté au-dessus de sa tête. Quelques minutes plus tard, elle dit au revoir et repartit sur son vélo. Elle ne mit pas longtemps à parcourir le petit kilomètre qui la séparait de chez elle. Arrivée à destination, elle s'arrêta pour observer la vieille maison. Elle avait subi de sérieux changements depuis la première fois qu'elle l'avait vue. La morne façade grise avait été repeinte en blanc, tous les volets avaient été remplacés, et même la toiture était neuve. Mais la bâtisse avait conservé son caractère ancien.

Alors qu'elle allait rentrer, elle perçut un mouvement rapide derrière une fenêtre du premier étage, celle qui se trouvait le plus à droite. Il y avait quelqu'un derrière. Harper ne distingua que des yeux sombres et un teint pâle. Elle se frotta les paupières et regarda de nouveau, mais la silhouette avait disparu. C'était l'une des fenêtres de la chambre de Michael.

LE JOURNAL DÉBILE DE HARPER À WASHINGTON

NOTE Nº 3

Des trucs que je déteste :

1. Les drôles d'endroits froids de cette maison.

2. Les drôles d'endroits chauds de cette maison.

3. Les drôles d'odeurs de cette maison.

Cette maison me fait vraiment flipper. À l'intérieur, j'ai l'impression de manquer d'air. Je ne comprends pas pourquoi personne d'autre ne ressent la même chose.

Vrai : Je déteste me trouver n'importe où au rez-de-chaussée à part dans l'entrée. C'est le seul endroit où j'arrive à respirer normalement.

Et, comme je le disais, il y a des poches de chaud et de froid partout. Au fond à droite de la salle à manger, il y a un courant d'air. Mes parents disent qu'il est provoqué par l'ancien système de ventilation. Moi, je trouve qu'on ne dirait pas du tout un courant d'air normal. Il fait froid et humide dans ce coin-là, comme si on venait de courir en pleine chaleur et qu'on entrait quelque part où la clim marche trop fort. On continue à transpirer de chaud, en même temps qu'on se retrouve totalement glacé. Voilà l'effet que ça fait. Et par moments, il y flotte une espèce d'odeur douceâtre de truc mort.

D'après mon père, vu l'âge de la maison, beaucoup de bestioles ont dû mourir ici et leurs cadavres ont dû se décomposer dans les murs. C'est vraiment immonde.

Mais c'est encore bien pire en haut.

Dans ma chambre, j'ai l'impression d'être en sécurité. Mais parfois, les clochettes qui pendent à la poignée de ma porte se mettent à tinter toutes seules. Ça me fait frissonner, même si ça ne dure jamais longtemps. J'ai aussi accroché à la poignée de porte une pochette coréenne rouge vif brodée de fil d'or.

Vrai : Je suis très attachée aux clochettes et à la pochette parce que c'est mamie Lee qui me les a offertes quand j'étais petite. Elle m'a fait promettre de toujours les laisser à la poignée de porte à l'intérieur de ma chambre.

Elle me manque. Avec elle, je me suis toujours sentie aimée et soutenue. C'est sans doute pour ça que les clochettes et la pochette me rassurent. Parce que, autrement, il n'y a pas vraiment de raison. Un jour, j'ai regardé dans la pochette, et tout ce que j'ai vu dedans, c'était du sel, une tige verte avec des sortes de petits cheveux dessus qui doit être du fenouil, et une petite branche de sapin. J'ai quand même gardé la pochette, parce qu'elle me vient de ma grand-mère.

Mon souvenir préféré de mamie Lee, c'est quand elle m'a appris à faire des raviolis. Ce jour-là, je me suis bien amusée à étaler du jaune d'œuf sur la pâte et à y déposer des cuillerées de farce à la viande et aux légumes. Comme j'en avais mis trop dans les miens, ils se sont complètement défaits en cuisant dans la poêle, mais c'était quand même délicieux ! J'ai trop hâte de revoir mamie Lee.

Et voilà. Les clochettes ont recommencé à tinter. Comme si quelqu'un essayait d'entrer dans ma chambre mais n'arrivait pas à ouvrir la porte. Je ne sais pas qui c'est, et je ne veux pas le savoir.

4

TOUT UN CINÉMA

Le deuxième jour - Mardi soir

– Papa, tu es au courant qu'on raconte que la maison est hantée ? demanda Harper en reprenant de la purée.

Kelly leva les yeux au ciel.

– Pitié, tu ne vas pas t'y remettre. Ça va déjà être assez dur de se faire des amis sans que tu recommences à inventer des salades.

– Ce n'est pas moi ! C'est une fille que j'ai rencontrée dans le quartier qui m'a dit ça.

– Eh bien, c'est une idiote.

– C'est toi, l'idiote, abrutie.

– Arrêtez ça tout de suite, intervint leur mère d'une voix forte.

Et elle posa le saladier sur la table d'un geste si brusque que des quartiers de tomate sautèrent sur la nappe. Contrairement à son habitude, Michael se taisait.

– Je ne veux pas entendre ce genre de bêtises dans ma maison, ajouta Yuna. C'est compris, Harper ?

– Mais ce n'est pas des bêtises ! Avant, ici, ça s'appelait la maison du vieux Grady. Et puis un jour, il a disparu, et on ne l'a plus jamais revu…

Tandis qu'elle parlait, Harper fut prise d'un violent frisson. Une sensation étrangement angoissante s'empara d'elle, comme si la maison elle-même tendait l'oreille pour entendre la suite.

– Je déteste cette maison… murmura-t-elle. Elle est trop bizarre…

– Ça suffit, j'ai dit ! coupa sa mère, d'un ton tranchant comme une lame.

À cet instant, Harper se sentit terriblement seule. Recroquevillée sur sa chaise, elle se demanda pourquoi elle était si différente du reste de sa famille, et sa grand-mère lui manqua soudain cruellement.

– Est-ce qu'on va revoir mamie un jour ?

Sa mère poussa un gros soupir.

– Ma mère est une femme très occupée, répondit-elle. Dès que nous serons un peu mieux installés, je verrai si on peut organiser quelque chose.

– Je n'avais que sept ans la dernière fois qu'on s'est vues. Tu ne crois pas qu'elle s'arrangerait pour trouver le temps, si tu lui demandais ? insista Harper.

Elle s'aperçut que même Kelly attendait la réponse avec intérêt.

– Écoute, Harper, dit sa mère, je ne suis pas prête. On a vraiment trop de choses à faire.

– J'ai toujours cru que c'était mamie qui ne voulait plus nous voir, continua sa fille. Alors qu'en vrai, c'est toi qui ne veux pas.

– Tais-toi, maintenant ! s'exclama Yuna.

À son ton, Harper comprit qu'elle était allée trop loin. Elle se tassa encore davantage sur sa chaise en serrant les lèvres. Son père lui pressa la main, mais elle la retira, trop bouleversée pour se laisser consoler.

Kelly lui jeta un regard noir avant de prendre ses couverts en plastique pour couper sa tranche de rôti. Avant que Harper ait pu lui demander ce qu'elle avait à lui reprocher, les couverts de Kelly se brisèrent.

– C'est pas vrai ! On ne peut pas avoir des couverts en métal comme tout le monde ?

Son regard montrait clairement que c'était bien à Harper qu'elle en voulait.

– Pourquoi tu m'agresses ? bafouilla celle-ci. Ce n'est pas ma faute !

– Tout est ta faute ! Même le fait qu'on ait atterri ici, c'est ta faute !

– Kelly !

Le ton de mise en garde de leur mère fit taire Kelly, qui fit la grimace.

– Comment ça ? demanda Harper. Qu'est-ce que j'ai à voir avec le fait que papa et maman aient ouvert un cabinet d'avocats à Washington ?

– Le rapport, c'est que tu es un boulet !

À cet instant, Peter frappa du poing sur la table.

– On arrête, les filles. Si on s'est installés ici, c'est uniquement pour le travail. Point final. Maintenant, on mange.

Au bout d'un moment, Yuna commença à questionner Kelly sur ses exercices de révision en ligne. Tandis que sa sœur aînée se lançait dans des jérémiades à n'en plus finir, Harper fixait son assiette en ravalant des larmes de colère. Avec Kelly, tout était toujours sa faute. Même ces fichus couverts en plastique, alors que c'était pour éviter que Michael se coupe. C'était du moins ce qu'elle avait toujours cru. Impossible de se rappeler quand ils avaient commencé à s'en servir.

De toute façon, ces couverts n'étaient pas le problème. Leur mère ne criait jamais sur Kelly. Sa fille parfaite ne pouvait jamais rien faire de mal. Alors que Harper, elle, ne pouvait jamais rien faire de bien. De plus en plus submergée par ses émotions, elle aurait voulu crier et jeter son assiette par terre. Elle avait envie de casser quelque chose, pour montrer à sa mère combien elle était en colère et pour voir le choc déformer ses traits lisses. L'appétit coupé, elle touilla sa purée et sa salade dans son assiette, rendant son repas aussi peu ragoûtant que possible.

– Harper, si tu as décidé de ne pas manger, tu peux sortir de table, lui signala sa mère.

Harper se mordit les lèvres jusqu'au sang. Elle se leva vivement, vida le contenu de son assiette dans la poubelle, la déposa dans l'évier et fila dans sa chambre.

Là, à plat ventre sur son lit, elle lança des coups de pied et des coups de poing sur son matelas et hurla en étouffant ses cris dans son oreiller, jusqu'à ce que sa rage soit passée. Ce genre d'explosion n'avait rien de neuf. À intervalles réguliers, Harper piquait une crise inexplicable qui la laissait totalement déprimée. Elle vivait avec la sensation étrange, incompréhensible, qu'il lui manquait un bout d'elle-même.

On frappa à sa porte et son père passa la tête dans l'entrebâillement, avant d'entrer avec un bol de glace à la fraise dans chaque main.

– Comment ça va, ma puce ?

Harper s'assit sur son lit, puis se laissa glisser par terre. Son père s'installa à côté d'elle sur la moquette et lui passa un bol de glace.

– Papa, qu'est-ce qui s'est passé entre maman et mamie Lee ? Pourquoi elles se sont disputées ?

Son père, qui s'apprêtait à prendre une bouchée, suspendit son geste. Posant son bol, il passa un bras autour de ses épaules.

– Ta mère et ta grand-mère sont des femmes au caractère bien trempé qui défendent leurs convictions. Et parfois, ces convictions s'opposent.

– Et ces convictions, elles comptent plus que nous ? demanda Harper. Les adultes font n'importe quoi, quelquefois.

Son père éclata de rire.

– Ça, c'est bien vrai. Mais ta mère essaie de s'améliorer. Maintenant qu'on habite près de chez ta grand-mère, elle est prête à faire un geste. Mais à sa manière, et au moment qui lui conviendra. OK, ma grande ?

Harper acquiesça, un peu à contrecœur, puis vida son bol en trois coups de cuiller. Mais après le départ de son père, elle était toujours aussi triste et frustrée. Comme si elle se tenait dans le noir, sans lumière pour la guider.

Soudain, quelque chose bougea en bordure de son champ de vision. Harper se leva d'un bond et s'approcha, mais il n'y avait rien. Pourtant, elle aurait presque dit qu'il y avait quelqu'un dans sa chambre. Puis elle entendit murmurer son nom tout bas et frissonna. L'étrange sensation d'angoisse qui l'avait oppressée un moment pendant le repas était de retour, toujours aussi suffocante. Jetant un coup d'œil vers la porte, elle s'aperçut qu'elle était restée légèrement entrouverte et la claqua dans un geste de panique. Aussitôt, la sensation disparut. Le dos contre la porte,

Harper se laissa glisser par terre. La pochette et les clochettes de sa grand-mère pendaient juste à côté de son visage. Elle pressa la joue sur le tissu avec un soupir de soulagement.

Il fallait qu'elle parle à quelqu'un. N'importe qui. Pendant un instant, elle pensa appeler Julie, sa psychologue. Mais comment celle-ci pourrait-elle l'aider ? Elle avait expliqué aux parents de Harper qu'ils devaient trouver un nouveau psychologue à Washington.

Avec un gros soupir, Harper prit son journal. Mais quelques minutes plus tard, la migraine lui pilonnait la tête, si fort qu'elle n'y voyait plus rien. Ravalant sa nausée, elle se glissa sous sa couette et se força à s'endormir.

LE JOURNAL DÉBILE DE HARPER À WASHINGTON

NOTE Nº 4

Des trucs que je déteste :

1. Kelly.

2. Les migraines.

3. Les pigeons.

New York me manque, sauf pour les pigeons. Je trouve que ce sont les créatures les plus répugnantes de la terre. Tous les New-Yorkais que je connais les voient comme des rats avec des ailes. Ils sont horribles et ils n'ont peur de rien. Avant, je faisais des cauchemars où des pigeons me volaient droit dans la figure et me crevaient les yeux.

La nuit dernière, j'ai fait un drôle de rêve. On aurait presque dit un film qui se déroulait dans ma tête. Un film d'horreur.

Était-ce un souvenir ou un rêve ?

Ça paraissait tellement réel que ça m'embrouille.

Dans ce rêve, c'est la nuit et je suis toute seule dans une petite pièce aux murs jaunes très moches que je ne connais pas. Je sais que c'est une chambre d'hôpital, parce qu'elle en a l'aspect et l'odeur. Mais une chambre bizarre, qui ne contient rien d'autre qu'un lit et une table de chevet. La porte est fermée à clé et il y a des barreaux à la fenêtre, qui est dégoûtante parce que tout le haut de la vitre est couvert de caca d'oiseau. Les draps blancs sont usés, et rêches, et froids. La seule chose sympa qu'il y ait dans cette chambre, c'est la couverture en polaire marron que j'ai apportée de chez moi. Je me pelotonne dedans et je me roule en boule en me calant contre le mur.

Il n'y a rien d'autre à faire que regarder les motifs dessinés par les crottes d'oiseau sur la fenêtre. Il doit y avoir des centaines de pigeons qui nichent juste au-dessus de cette fenêtre, parce que je n'ai jamais vu autant de fientes de toute ma vie. Je vois les ombres des oiseaux qui bougent au clair de lune. Ils roucoulent et battent des ailes en faisant un raffut pas possible. Ils me narguent parce qu'ils sont libres, tandis que je les regarde à travers les barreaux de ma fenêtre.

Des barreaux. Comme dans une prison. C'est le monde à l'envers! Les pigeons doivent se dire: «Regardez cette humaine enfermée dans la cage pendant qu'on vole librement et qu'on fait caca sur les fenêtres!» Crétins d'oiseaux.

Le personnel de l'hôpital me traite comme une prisonnière. On me prend tout ce que j'ai apporté de chez moi: mes livres, mes jeux, même mes Mikado au chocolat.

Vrai: J'adore les Mikado.

Ils disent que c'est pour ma sécurité. Il faut croire que les Mikado, c'est dangereux. Ils ont peut-être peur que je m'en colle un dans l'œil.

Enfin, ce n'est pas grave. Je ne pourrais rien manger, de toute façon. Je n'ai pas faim. Je ne ressens rien, à part le goût de la peur dans ma bouche.

Vrai: La peur a un goût. Le goût du sang.

Les oiseaux sont si calmes, tout à coup ! Au lieu de trouver ça bizarre, je sais tout de suite que c'est mauvais signe. D'un seul coup, la température de ma chambre est tombée si bas que je ne sens plus mes orteils et que mon haleine forme des petits nuages de vapeur dans l'air.

Il y a quelqu'un dans ma chambre.

Et j'ai si peur que je n'arrive plus à respirer.

5

UNE PRÉSENCE MALÉFIQUE

Le troisième jour - Mercredi matin

Harper jeta son journal intime sur sa couette avec un soupir. Elle ne voulait plus penser à ses cauchemars. Même en plein soleil, le simple fait de les évoquer lui faisait peur.

Elle regarda l'amoncellement de cartons qu'il lui restait à vider, et le spectacle lui donna envie de disparaître sous sa couette. Après sa nuit agitée, elle était fatiguée et grognon . Elle n'avait aucune envie de faire des efforts.

À son réveil, elle avait trouvé une pivoine rose dans un gobelet sur sa table de chevet. Harper adorait les pivoines. L'une des rares choses qui lui plaisaient dans leur nouvelle maison était qu'elles poussaient à foison dans le jardin. Sa mère savait que c'était ses fleurs préférées. Il s'agissait sans doute d'une offrande de paix de sa part. Cette pensée apaisa sa colère et la fit même sourire. Puis, n'ayant plus envie d'écrire, elle décida d'aller voir ce que faisait son frère.

L'air conditionné marchait enfin, et répandait son agréable fraîcheur dans la maison. Mais en approchant de la chambre de Michael, Harper sentit de nouveau la sueur lui coller à la peau. Elle hésita devant la porte. On n'entendait pas un bruit à l'intérieur. Sans savoir pourquoi, elle n'osait pas entrer. Comme dans son cauchemar, elle éprouvait une espèce de peur, bizarre et inexplicable. Chassant son appréhension, elle ouvrit brusquement. Michael était assis au milieu de la pièce, les yeux écarquillés, le regard perdu dans le vide. Il ne réagit pas lorsque la porte se referma dans un claquement. Harper alla s'agenouiller en face de lui. Ce qu'il fixait se trouvait de toute évidence dans sa tête et non dans la chambre.

Elle le secoua énergiquement par les épaules.

– Hé, Mikey ! Réveille-toi !

Il cligna des yeux et la regarda.

– Harper, pourquoi tu me secoues ?

Soulagée, elle le serra contre elle.

– Qu'est-ce que tu regardais ?

Michael s'écarta et inspecta la pièce.

– Tu as fait peur à Billy. Il allait me montrer un secret.

– Quel genre de secret ?

– Il a dit qu'il allait entrer dans ma tête et me montrer ses souvenirs. Mais tu l'as fait partir. Je ne pourrai plus les voir, maintenant.

Une terreur irraisonnée s'empara de Harper. L'angoisse lui noua le ventre tandis qu'une impression de déjà-vu l'envahissait.

« Tu ne veux pas voir mon secret, Harper ? Laisse-moi entrer et on sera amies pour toujours ! »

Elle saisit son frère par le poignet.

– Michael, promets-moi que tu ne le laisseras pas faire.

– Mais pourquoi ? lui demanda-t-il avec un air interrogateur.

– Parce que c'est mauvais pour toi, très mauvais. Promets-moi que tu ne referas jamais ça.

Michael se détourna pour prendre une de ses petites voitures.

– D'accord, dit-il, c'est promis. En plus, je n'aime pas ça. Ça fait mal à la tête.

À cet instant, la température tomba brusquement.

– Pourquoi fait-il aussi froid ici tout à coup ? s'étonna Harper.

Il la regarda, surpris.

– Il ne fait pas froid !

Harper dut serrer les lèvres pour ne pas claquer des dents. Peut-être qu'elle était en train de tomber malade et que c'étaient des symptômes de la fièvre.

– Allez, viens, dit-elle à son frère. On va faire un tour au parc.

Michael hésita. Finalement, après avoir regardé tout autour de lui, il fit oui avec la tête, et Harper se dépêcha de l'entraîner hors de la pièce. À choisir, elle préférait sans hésiter la chaleur étouffante du parc à la fraîcheur étrange de la chambre de Michael.

Le troisième jour - Mercredi soir

Après un long après-midi passé à s'amuser dehors, et, même, avoir réussi à se faire emmener au cinéma par leur père, Harper et Michael regardaient la télé dans le canapé du salon.

Michael bâilla en se frottant les yeux.

– Je suis fatigué, déclara-t-il.

– Hé, ça te dit qu'on fasse un mini campement dans ma chambre cette nuit ? lui proposa sa sœur.

Elle était mal à l'aise à l'idée que Michael se retrouve tout seul dans sa propre chambre.

– Ouais, mais tu as encore des cartons partout ! Si on faisait ça dans ma chambre, plutôt ?

– Et pourquoi pas ici dans le salon ? Il suffit de descendre les sacs de couchage.

– Pas ce soir, chérie, intervint leur père depuis la salle à manger. Votre mère et moi, on a du travail à y faire.

Michael se leva d'un bond et se dirigea vers l'escalier.

– Pas grave, Harper, lui dit-il avec un nouveau bâillement. On n'aura qu'à camper une autre fois.

Elle le suivit à l'étage, où elle l'aida à faire sa toilette et à se mettre en pyjama. Assise sur le lit de son frère, elle sentait l'atmosphère de la chambre peser de plus en plus sur eux et se demandait comment il pouvait dormir dans une pièce aussi désagréable. Elle sortit à contrecœur et s'arrêta en haut des marches, désemparée. Si elle parlait de Billy à sa mère, celle-ci flipperait et en ferait un drame, et Michael n'avait clairement pas besoin de ça. Mais Harper ne pouvait pas non plus rester sans rien faire. Elle pressa les mains sur son front douloureux. On aurait dit qu'on lui déchiquetait le cerveau. Il fallait qu'elle demande à sa mère de lui remplir sa boîte à pilules.

C'est alors que les murmures reprirent. Des murmures lointains, faibles mais paniqués, qui appelaient son nom. Harper entendit comme un sifflement d'avertissement, suivi d'un cri.

Soudain, quelqu'un la poussa dans le dos et elle bascula, battant l'air de ses bras pour se rattraper à la rampe. En vain. Elle dégringola l'escalier recroquevillée sur elle-même, chaque choc créant une nouvelle vague de douleur. Enfin, sur le palier intermédiaire, ce fut comme si elle était freinée par une force mystérieuse. Avec un soupir de soulagement, elle s'agrippa aux barreaux pour s'immobiliser. Elle aurait juré que quelque chose l'avait retenue de dévaler le reste des marches la tête la première. Or il n'y avait rien ni personne dans l'escalier.

Mais enfin, qu'est-ce qui se passait ? En haut, elle avait nettement senti deux mains qui la poussaient dans le vide. Et voilà qu'une barrière invisible stoppait sa chute. Elle était en train de devenir folle ou quoi ? Elle était toujours allongée par terre, en train de se tâter pour s'assurer qu'elle n'avait rien de grave, quand ses parents arrivèrent en courant.

– Harper !

Son père la rejoignit le premier. Il lui palpa les membres en lui demandant si elle était blessée. Arrivant derrière lui, sa mère lui prit la main dans une poigne de fer.

– Harper ? Harper ? Dis quelque chose, chérie ! Tu peux parler ?

Elle se tourna d'un air affolé vers son mari.

– Je t'avais dit que cet escalier était glissant ! Elle aurait pu se tuer !

À cet instant, Harper entendit sa sœur lâcher une exclamation étouffée depuis le premier étage.

– Elle va bien ? demanda Kelly dans un souffle.

Comme tous parlaient en même temps, Harper dut se contenter de les rassurer par un hochement de tête.

– J'ai mal partout, murmura-t-elle, un peu sonnée.

Kelly les rejoignit prudemment.

– C'est parce qu'elle était en chaussettes, déclara-t-elle. Tu dois rester pieds nus ou mettre des pantoufles, Harper. Ça glisse, ici, sinon.

– Peter, jc t'avais dit qu'on devait mettre un tapis dans cet escalier, fulmina leur mère.

Leur père acquiesça d'un signe de tête.

– Je m'en occupe demain à la première heure.

Puis il se redressa et regarda sa fille en souriant.

– La bonne nouvelle, c'est qu'il n'y a rien de cassé. La mauvaise, c'est que tu vas être couverte de bleus et avoir mal partout pendant quelques jours.

Sa gaieté forcée fit grimacer Harper. Elle détestait quand il s'évertuait à faire comme si tout allait bien. Quant à Kelly, dès qu'elle fut sûre que sa sœur ne s'était pas blessée, elle regagna sa chambre au pas de course.

Yuna aida Harper à se relever, en poussant les hauts cris devant la nuée de bleus qui fleurissaient déjà sur les bras et les jambes de sa fille.

– Imagine qu'elle se soit refracturé quelque chose ? dit-elle à son mari. On devrait peut-être l'emmener aux urgences, par sécurité.

– Non ! s'écria Harper. Je ne veux pas aller à l'hôpital.

Son père la rassura en lui tapotant doucement le dos.

– Je pense que ce n'est pas nécessaire. Je suis sûr que tout va bien. Ça aurait pu être bien pire. Une chance que tu ne sois pas tombée jusqu'en bas.

Il l'aida à descendre le reste des marches en la maintenant fermement par la taille.

– Je vais chercher des glaçons et de l'ibuprofène, leur lança Yuna en filant devant eux.

Soutenue par son père, Harper leva les yeux vers le haut des marches. Elle ne put s'empêcher de remarquer que, malgré toute cette agitation, Michael n'était pas sorti de sa chambre.

LE JOURNAL DÉBILE DE HARPER À WASHINGTON

NOTE N⁰ 5

Un truc que je déteste:

1. Le fait d'être aussi empotée.

Vrai : Je me suis fait plus de bleus et de fractures dans ma vie que n'importe quel autre enfant que je connais.

Ma sœur dit que je suis un aimant à mauvais feng shui. Comme si je pouvais comprendre ce que ça signifie. Ça veut sûrement dire « malchance » en chinois! Dans, ce cas, elle a raison, parce qu'il ne m'arrive que des catastrophes. Qui d'autre se casserait les deux bras et plusieurs côtes pendant un séjour dans une clinique?

Vrai : Ce n'est pas nouveau, j'accumule les accidents depuis toujours.

À cinq ans, je me suis foulé la cheville en courant dans un parc. À six ans, je suis tombée sur le visage et je me suis cassé toutes les dents de devant. Heureusement, c'était mes dents de lait. À sept ans, je me suis cassé les orteils en donnant un coup de pied dans une brique recouverte de neige. La même année, je suis tombée de vélo et il a fallu me recoudre à la tête. À huit ans, je me suis démis la clavicule en tombant d'un arbre. À neuf ans, j'ai eu une commotion cérébrale à la bibliothèque quand des livres sont tombés d'une étagère sur ma tête. À dix ans, je me suis foulé le poignet en faisant une mauvaise chute, deux fois la même année. Et à onze ans, eh bien, vous savez déjà ce qui m'est arrivé.

Les enfants de mon ancienne école m'appelaient la Cata sur pattes. Ils trouvaient ça drôle de se sauver en courant quand ils arrivaient près de moi, comme si je portais malheur.

6

L'ENVAHISSEUR

Le quatrième jour - Jeudi matin

C'était encore un rêve. Harper le savait parce qu'elle était de retour dans la chambre d'hôpital à la fenêtre grillagée. En revanche, cette fois, il faisait très sombre. Aucun rayon de lune ne filtrait à l'intérieur.

S'agissait-il de la clinique de Briarly ? Les barreaux lui laissaient supposer que oui. C'était sans doute un souvenir. Mais le souvenir d'une autre nuit que celle de son premier rêve, parce qu'elle n'entendait plus les oiseaux roucouler ni voleter. Elle ne voyait plus leurs ombres sur la fenêtre. Ils n'étaient pas là. Où étaient-ils partis ?

Soudain, un froid glacial envahit la pièce. Harper en éprouva une terreur immédiate, parce que cela indiquait la présence de quelqu'un dans la chambre. Elle s'enfouit sous sa couverture, se roula en boule serrée et colla le visage sur ses genoux pour ne pas voir qui se trouvait là avec elle. Le froid polaire se rapprocha et elle se mit à trembler de tout son corps. Peut-être que si elle gardait les yeux obstinément fermés, l'intrus finirait par se lasser et s'en aller.

Puis les murmures commencèrent. Harper se couvrit les oreilles en gémissant, mais cela n'y changea rien. Elle ne pouvait plus les chasser. Les murmures étaient entrés dans sa tête.

« Méchante, méchante fille. »

« Regarde ce que tu as fait ! »

« Méchante, trop méchante. »

« Ils ne te laisseront plus jamais rentrer chez toi, maintenant. »

Le froid s'insinua dans ses os, et Harper comprit que la personne se tenait maintenant tout près d'elle. Elle ne voulait pas la voir. Soudain, la couverture lui fut brusquement arrachée des mains et elle se recroquevilla encore davantage.

Harper se réveilla dans un violent sursaut. Elle ne voulait pas savoir qui était avec elle dans le rêve. Elle avait bien trop peur. Ce cauchemar était visiblement la suite du précédent et elle pensait qu'il s'agissait de Briarly, même si elle n'avait toujours aucun souvenir de la clinique. Mais était-ce vraiment un rêve ?

La simple pensée de Briarly suffit à provoquer une violente migraine. Harper s'assit dans son lit et fut aussitôt assaillie par des douleurs dues à sa chute de la veille. Elle aurait voulu se rendormir, mais la faim et la soif la poussèrent à se lever.

Dans la cuisine, Michael était assis à table tandis que sa mère s'activait à défaire des cartons. Yuna se précipita aussitôt pour voir comment allait sa fille.

– Ça va, ça va, lui assura Harper en la repoussant d'un geste de la main.

Avec une moue inquiète, Yuna déposa devant elle une gaufre au sirop d'érable et un fruit.

– Préviens-moi si tu as besoin de quelque chose, lui dit-elle avant de se replonger dans les cartons.

Harper mangea lentement, observant du coin de l'œil Michael qui s'endormait devant son bol de céréales.

– Hé, fit-elle en le secouant doucement. Réveille-toi ou tu vas tomber le nez dans tes cornflakes.

Michael rouvrit aussitôt les paupières, mais son regard restait vitreux et il avait des cernes sous les yeux.

– Qu'est-ce qui t'arrive, Mikey ? lui demanda-t-elle.

Il chassa sa main d'un air irrité.

– Mais rien ! Laisse-moi tranquille !

Inquiète, elle posa les doigts sur le front du petit garçon.

– Tu as de la fièvre ?

– Laisse-moi, je te dis !

Il abattit sa cuiller sur la table et s'éloigna d'un pas lourd. Il n'avait pas touché à son petit déjeuner.

Harper resta sans voix, ébahie. Ce comportement ressemblait si peu à son frère !

Sans interrompre ce qu'elle faisait, Yuna jeta un coup d'œil dans sa direction.

– Il est fatigué ce matin. Ça le met de mauvaise humeur.

Toujours perturbée, Harper finit de manger, puis remonta à l'étage voir comme allait son frère. Arrivée devant sa porte, elle l'entendit parler et colla l'oreille contre le bois.

– Arrête, Billy ! Je n'aime pas quand tu fais ça ! disait Michael. Ça me donne envie de vomir.

Puis, après un long silence :

– Non ! Je ne veux plus !

N'y tenant plus, Harper frappa à la porte et l'ouvrit.

– À qui tu parles ?

Pendant quelques secondes, il eut l'air effrayé. Puis la rage déforma son visage, qui devint soudain si rouge et si gonflé qu'elle ne reconnaissait plus son petit frère.

– Sors ! hurla-t-il.

Et, bondissant sur ses pieds, il la fit reculer à coups de poing dans le ventre. Harper, le souffle court, resta figée sur le seuil. Qu'arrivait-il à Michael ? Elle était tellement sous le choc qu'elle ne tenta même pas de l'arrêter lorsqu'il lui claqua la porte au nez. Elle avait mal au ventre tout à coup, un peu à cause des coups mais surtout à cause du sentiment d'effroi qui montait en elle.

Elle resta là un moment, à tendre l'oreille, mais Michael ne dit plus un mot. Comme s'il était toujours campé derrière le battant, dans l'attente qu'elle s'en aille.

Harper finit par renoncer. Elle traversa le couloir pour aller frapper à la porte de Kelly, qui mit plusieurs minutes à venir ouvrir.

– Ça ne pouvait pas attendre ? lui lança-t-elle sèchement. Je suis en train de faire des exercices en ligne, là.

Harper secoua la tête.

– Michael a un problème. Il se comporte bizarrement, pas du tout comme d'habitude.

Kelly leva les yeux au ciel.

– Je te rappelle qu'on vient de quitter tous nos amis pour s'installer dans une ville totalement inconnue. Si je n'étais pas aussi stressée par les études, moi aussi, je serais bizarre. Laisse-le tranquille. Ça lui passera.

Là-dessus, elle referma sa porte.

Harper descendit lentement l'escalier, en essayant de comprendre ce qui n'allait pas chez Michael. Mais peut-être qu'elle s'inquiétait pour rien ? Comment le savoir ?

Quand on sonna à la porte un peu plus tard dans la matinée, Harper fut heureuse et soulagée de découvrir Dayo sur le seuil, avec Citrouille qui courait en cercles autour d'elle. Un peu de normalité ne lui ferait pas de mal.

– Je ne tombe pas à un mauvais moment, j'espère ? demanda Dayo.

– Pas du tout. Comme mon père a dû aller à son bureau, tu peux faire entrer Citrouille. Mon frère va l'adorer.

À peine Dayo eut-elle franchi la porte que la petite chienne fila droit au miroir. Après avoir lâché un grondement sourd, elle se mit à aboyer.

– Tais-toi, Citrouille ! lui ordonna Dayo.

Elle la prit dans ses bras en se tenant face au miroir et la chienne gémit en enfouissant la tête au creux de son bras.

– Je ne comprends pas ce qui lui prend, dit Dayo en ouvrant de grands yeux. Elle n'avait jamais fait ça.

– Bah, fit Harper, c'est un très vieux miroir, mais je peux te garantir qu'il n'est pas hanté.

– Comment peux-tu en être sûre ?

– Il était déjà dans la famille quand j'étais petite.

– Oh.

Dayo eut un sourire soulagé. À cet instant, Yuna sortit de la cuisine.

– Maman, je te présente Dayo. Et aussi Citrouille, la chienne de sa grand-mère.

– Bienvenue à la maison ! dit sa mère en souriant. Fais comme chez toi ! Je suis très contente que Harper se soit déjà fait une amie dans le quartier.

Entre-temps, Citrouille s'était calmée et se tenait sagement roulée en boule dans les bras de Dayo.

– Elle est adorable ! s'exclama Yuna en la caressant. Elle est propre, dis-moi ?

Dayo s'empressa d'acquiescer.

– Bon, ce n'est pas le chien le mieux dressé de la terre, précisa-t-elle, mais elle ne fait jamais ses besoins à l'intérieur.

Yuna hocha la tête avant d'ajouter :

– Harper, n'oublie pas que ton père est allergique. Surtout, ne la laisse pas entrer dans notre chambre. Je ne voudrais pas qu'il ait une crise pendant la nuit.

– Promis, m'man. Ne t'inquiète pas, lui dit Harper en commençant à monter l'escalier.

– Il y a toutes sortes de jus de fruits dans le frigo, lança sa mère derrière elle. Servez-vous !

– Ta mère est super sympa, observa Dayo une fois dans la chambre.

Harper haussa les épaules.

– Ouais, ça va.

Elle s'assit par terre et gratifia Citrouille d'une caresse vigoureuse, au grand plaisir de la chienne. Elle se réjouissait de cette visite. Le fait de parler avec Dayo et de l'écouter raconter ses tentatives de dressage canin l'aidait à se libérer d'une partie de son stress.

– Regarde ce que je lui ai appris ! s'exclama son amie. Danse, Citrouille, danse !

Elle claqua des doigts et la petite chienne se mit à sautiller sur ses pattes arrière dans un pas de cha-cha-cha.

– Waouh ! s'écria Harper, impressionnée. C'est vraiment génial !

Dayo sourit fièrement en récompensant Citrouille par une friandise.

– En fait, c'est incroyable, la facilité avec laquelle elle a appris ce tour. Je n'aurais jamais cru qu'elle était aussi intelligente ! Et c'est toi qui m'as donné ce tuyau comme quoi je devais être ferme. J'ai continué à chercher des infos sur Internet, et, maintenant, elle m'obéit vraiment. C'est ma grand-mère qui ne va pas en revenir.

– Si ça se trouve, tu ne vas même plus avoir envie de la lui rendre !

Dayo fit une grimace sceptique.

– Il ne faut rien exagérer. Ma grand-mère n'habite pas loin, je peux aller voir Citrouille quand je veux. En plus, ma mère est tellement épatée par ce que j'ai fait que je vais sans doute avoir un chiot à moi !

– C'est trop cool !

La remarque de Dayo sur sa grand-mère aggrava encore le sentiment de perte que l'absence de sa mamie Lee donnait à Harper.

Elle se demanda quand elle pourrait enfin les voir, elle et son yorkshire. Elle soupira, et se rendit compte qu'elle n'écoutait plus son amie.

Celle-ci s'était mise à réfléchir tout haut aux races de chiens qui lui plairaient et au nom qu'elle pourrait donner au sien. À un moment, Harper étendit les jambes et Dayo s'interrompit au milieu de sa phrase.

– La vache ! Qu'est-ce que tu t'es fait aux jambes ? s'exclama-t-elle en fixant la ribambelle de bleus violacés de son amie.

Harper lui raconta sa chute dans l'escalier, mais sans entrer dans les détails. Elle ne pouvait pas lui parler des mains qu'elle avait senties dans son dos, ni de la barrière invisible qui l'avait retenue. Elle ne savait toujours pas quoi en penser elle-même. Sûrement l'effet de son imagination.

– Tu aurais pu mourir ! s'écria Dayo.

Elle allait ajouter quelque chose quand Harper l'interrompit :

– La maison n'est pas hantée.

Son amie pinça les lèvres.

– Bon, d'accord. Admettons. Peut-être que c'est juste de la malchance. Mais vous devriez quand même appeler le père Hurley pour qu'il vienne bénir la maison.

– Qui est-ce ?

– Le prêtre de Notre-Dame-de-la-Miséricorde.

– Oh. On n'est pas catholiques.

Dayo haussa les épaules.

– Allons au moins chercher un peu d'eau bénite pour en asperger les pièces de maison. Ça ne peut pas faire de mal.

Harper commençait à avoir mal à la tête, avec ces histoires de bénédiction et de fantômes. Elle se massa les tempes pour apaiser la douleur.

– Viens, proposa-t-elle, on va montrer Citrouille à mon petit frère. Il adore les chiens.

Dayo accepta et laissa Harper porter la petite chienne. Celle-ci se mit à gronder lorsqu'ils approchèrent de la porte, et s'agita frénétiquement quand Harper frappa.

– Qu'est-ce qu'elle a ? fit Dayo en la reprenant à l'instant où Michael ouvrait.

La chienne poussa un jappement aigu, sauta par terre et fila jusqu'à la chambre des parents.

– Citrouille !

Dayo se lança à sa poursuite tandis que Michael s'avançait dans le couloir. Son air distant s'adoucit lorsqu'il aperçut la chienne.

– C'est un bébé ? demanda-t-il en courant derrière elle.

Harper entendit son frère piailler d'excitation tandis que Dayo faisait les présentations. Il y avait longtemps qu'elle n'avait pas entendu la joie dans la voix du petit garçon. Mais quelque chose la maintenait rivée sur le seuil de la chambre. Il y avait une présence maléfique dans cette pièce. Même Citrouille l'avait sentie.

Alors que Harper allait se détourner, un bruit ténu attira son attention. Il provenait du camion de pompiers que sa mère avait ramassé dans le couloir. La clochette en cuivre suspendue à l'avant tintait très légèrement. La porte de la chambre se referma en claquant derrière elle. Ce n'est qu'alors que Harper se rendit compte qu'elle était entrée dans la pièce pour examiner le camion le plus près.

Elle fit demi-tour, le cœur battant. Mais à peine avait-elle fait un pas vers la porte que le petit camion se mit à rouler en cercles autour de ses pieds. Il allait de plus en plus vite, comme poussé par des mains invisibles, sa clochette tintant furieusement. Harper ferma les paupières pour chasser l'hallucination. Ce n'était pas possible. Se pouvait-il qu'elle soit en train de rêver ? Rouvrant les yeux, elle observa avec horreur les déplacements agressifs du camion. Chaque fois qu'elle tentait de s'approcher de la porte, il lui bloquait le passage en lui roulant presque sur les pieds. Harper recula jusqu'à buter sur le lit de Michael et lâcha un gros sanglot de terreur.

Elle appela sa sœur au secours :

– Kelly !

Tandis que le camion poursuivait son manège, l'une de ses échelles commença à se dresser. Harper allait sauter sur le lit pour s'en éloigner quand elle sentit des petites mains froides lui saisir les chevilles et la pousser méchamment.

Elle vacilla en avant, déséquilibrée. Le camion avait pilé juste devant elle et son échelle s'élevait toujours, droit vers sa poitrine. Harper tomba à genoux et dérapa sur l'arrière du camion. L'une des pointes de l'échelle lui érafla le cou. L'arête du jouet en métal entailla son bras. Harper y porta vivement la main en poussant un cri de douleur, et du sang coula entre ses doigts. La coupure était large et profonde. Choquée, désemparée, Harper resta prostrée par terre en gémissant. Le camion s'était immobilisé, couché sur le côté.

Brusquement, la porte s'ouvrit et Dayo et Michael déboulèrent dans la pièce. Dayo écarquilla des yeux horrifiés et repartit en courant chercher la mère de Harper. Le bruit fit sortir Kelly de sa tanière.

– Qu'est-ce qui se passe, à la fin ? cria-t-elle en entrant dans la chambre de son frère.

Harper ne put lui répondre que par des sanglots.

– Mince, Harper, qu'est-ce que tu t'es fait ?

Kelly ressortit en courant et revint avec une serviette qu'elle pressa sur le bras de sa sœur.

– Ah, c'est pas vrai ! Ça saigne beaucoup ! Maman ! Maman ! À l'aide !

Les mains de Kelly tremblaient. Harper aurait voulu lui dire de ne pas s'inquiéter, mais la tête lui tournait. Sa langue semblait gonflée et engourdie dans sa bouche. Se tournant vers la porte, elle vit Michael pétrifié par le choc. Puis, dans un éclair, l'image d'un autre garçon vint se superposer à lui en clignotant. On aurait dit une vieille photo un peu effacée, celle d'un garçon plus âgé, brun, au teint très pâle. On ne distinguait pas les traits de son visage à l'exception des yeux. Il portait des habits démodés, comme s'il sortait d'un vieux film en noir et blanc : une chemise blanche et un pull noir sans manches sur un bermuda. Qui portait encore des pulls sans manches ? La vision de Harper se brouilla et elle cligna des paupières. Quand elle les rouvrit, le garçon avait disparu.

– Qu'est-ce qui s'est passé ?

Yuna se précipitait vers elle, un air paniqué. Harper l'entendit confusément crier à sa sœur d'appeler les secours.

De nouveau, elle se tourna vers Michael. Mais cette fois, au lieu de l'image clignotante du garçon, elle vit dans les yeux de son frère une lueur sombre et fixe qui lui donna la chair de poule. Elle fut prise par le besoin urgent de protéger son petit frère. Qui était ce garçon inconnu ? Pourquoi le voyait-elle ? Comment le camion de pompiers pouvait-il bouger ? Avait-elle réellement senti des mains sur ses chevilles ? Autant de questions sans réponse. Mais il y en avait une dernière qu'elle ne voulait pas se poser.

Dayo avait-elle raison ? La maison était-elle hantée ?

Elle entendit sa mère qui disait : « Ça recommence. »

Et elle s'évanouit.

LE JOURNAL DÉBILE DE HARPER À WASHINGTON

NOTE N⁰ 6

Des trucs que je déteste :

1. Les médecins.

2. Les hôpitaux.

3. Les urgences.

4. La douleur.

5. Les points de suture.

6. Les piqûres.

7. Les malades.

8. Le sang.

9. L'odeur de l'antiseptique.

10. Les blouses d'hôpital.

11. Moi.

7

L'INCRÉDULE

Le quatrième jour - Jeudi soir

Harper se réveilla aux urgences. Sa mère serrait sa main de toutes ses forces et son père était assis près du lit. Elle avait mal à la tête, et un élancement dans le bras gauche.

– J'ai soif.

Son père remplit un gobelet au pichet d'eau glacée posé sur la table de chevet, et l'aida à se redresser.

– Alors, comme si tu ne nous avais pas assez fichu la trouille en tombant dans l'escalier, tu as décidé d'en rajouter une louche ? blagua-t-il.

Il lui caressa les cheveux tandis qu'elle vidait son gobelet.

– Ce n'est pas drôle, le rembarra Yuna. J'ai bien cru que j'allais avoir une crise cardiaque en voyant tout ce sang.

– Vingt-cinq points de suture plus tard, il n'y paraît plus !

Yuna jeta un regard noir à son mari.

– Tout va bien, chérie, assura-t-il à sa femme en déposant un baiser sur sa joue. Le médecin a même dit que Harper pouvait rentrer à la maison dès son réveil.

– Tu crois que c'est prudent ?

– Comment ça ? demanda vivement Harper.

– Je ne suis pas certaine que tu sois tout à fait remise, c'est tout, se justifia sa mère.

– Non ! Tu n'as pas le droit de faire ça ! s'écria Harper avec colère.

Elle avait beau entendre la note d'hystérie qui filtrait dans sa voix, elle était incapable de la contrôler.

– Je ne veux pas rester là. Papa, s'il te plaît, ne me laisse pas. S'il te plaît, ramène-moi à la maison. Je veux rentrer à la maison !

Son cœur battait à tout rompre dans sa poitrine. Elle essayait de maîtriser sa respiration et de refouler ses larmes, mais ne parvenait pas à empêcher ses mains de trembler. Elle détestait les hôpitaux. Ses parents ne pouvaient pas lui faire ça. Pas une nouvelle fois.

Mais avant qu'elle ait pu continuer, son père la serra fort contre lui.

– Ne t'inquiète pas, ma puce. Tu rentres à la maison ce soir, c'est décidé.

Ces paroles la calmèrent un peu. Une main pressée sur le ventre, elle prit de profondes inspirations. Ses parents échangèrent un regard et Yuna ferma les yeux, comme si elle devait lutter contre la douleur. Harper fut frappée par le mélange de peine et de honte qu'elle lut sur le visage de sa mère.

– Tu te rappelles ce qui s'est passé ? lui demanda son père.

Elle fronça les sourcils. Par flashs, elle revit des images du camion de pompiers et du garçon aux cheveux bruns, et elle frémit. Ce n'était qu'un rêve. Il n'y avait pas de garçon bizarre, le camion de pompiers n'avait pas roulé tout seul. Elle n'avait fait qu'imaginer tout cela. Ce n'était pas réel.

Elle porta une main devant sa bouche pour cacher que ses lèvres tremblaient.

– Je sortais de la chambre de Michael, et j'ai dû me prendre les pieds dans le vieux camion de pompiers, dit-elle lentement. Il a des coins pointus, et son échelle dépassait. Je crois que c'est là-dessus que je me suis coupée.

– Je ne l'ai pas vu dans la chambre, signala sa mère. Les ambulanciers n'ont pas arrêté de me demander comment tu t'étais blessée et je n'ai pas pu leur répondre.

Déjà, Harper sentait la panique revenir. Elle n'était pas folle !

– Il était là ! Je t'assure ! Le vieux camion de pompiers en métal, avec des bordures vraiment pointues ! C'est comme ça que je me suis coupée !

– Chut, du calme, tempéra son père en la prenant doucement dans ses bras. Il a peut-être roulé sous le lit quand tu es tombée. On le cherchera en rentrant à la maison. Quoi qu'il en soit, il faut qu'on te fasse un rappel contre le tétanos par sécurité.

Il se leva et sortit pour aller chercher une infirmière. Harper se retrouva seule avec sa mère, qui continuait à la fixer avec des larmes plein les yeux.

– Je sais que tu ne m'as pas vraiment pardonné de t'avoir envoyée à Briarly, lui dit Yuna. Si ça peut te consoler, je le regrette terriblement. Mais tu sais bien que je n'avais pas le choix.

Harper la foudroya du regard.

– Non, je ne sais pas.

– Je ne pouvais pas faire autrement, chérie ! insista sa mère en secouant la tête. Comme tu as déclenché l'incendie…

– Comment ça, j'ai déclenché l'incendie ?

Sa mère se reprit :

– Comme la direction du collège a dit que tu avais déclenché l'incendie, on nous a expliqué que tu étais obligée d'aller à Briarly.

– Alors toi aussi, tu crois que c'était moi ?

Après un silence, Yuna répondit doucement :

– Je suis sûre que c'était un accident.

– Tu crois que c'était moi, murmura Harper.

L'angoisse lui retournait l'estomac.

– Chérie, il n'y avait personne d'autre que toi dans la salle de classe.

Harper détourna les yeux, incapable de digérer l'information. Elle ne se souvenait pas de l'incendie. Mais elle savait que ça ne pouvait pas être elle. Elle le savait au fond de son cœur.

– Pourquoi vous ne me l'avez jamais dit ? demanda-t-elle.

– Julie et les autres médecins nous ont demandé de ne pas le faire. Ils pensaient qu'il valait mieux te laisser te rappeler les choses par toi-même.

– Alors pourquoi tu me le dis maintenant ? insista Harper, furieuse.

– Parce que je dois te poser la question.

– Quelle question ?

– Est-ce que tu t'es fait du mal exprès tout à l'heure ?

Sur le coup, Harper n'en crut pas ses oreilles. Sa mère l'accusait-elle de s'être volontairement entaillé le bras ? La colère l'envahit.

– À quoi ça sert de me demander ça ? répliqua-t-elle d'un ton amer. De toute façon, tu ne me croiras pas. Je veux voir mamie Lee. C'est la seule qui ne me juge jamais. Je veux la voir !

À cet instant, son père revint avec une infirmière qui portait un flacon et une seringue sur un petit plateau. Pendant qu'elle lui faisait l'injection anti-tétanique, Harper glissa un coup d'œil vers sa mère. Elle qui ne lâchait jamais rien, qui était perfectionniste jusqu'à l'obsession, semblait soudain égarée et accablée. Prise de vertige, Harper s'appuya sur l'épaule de son père. Elle avait l'impression d'être sur des montagnes russes émotionnelles. Sa mère ne lui faisait pas confiance. Sa mère ne la croyait pas. Mais pouvait-elle croire elle-même à ce qu'elle vivait ?

LE JOURNAL DÉBILE DE HARPER À WASHINGTON

NOTE N° 7

Des trucs que je déteste :

1. Les choses bizarres et inexplicables.

2. Quand les gens ne me croient pas.

3. Ne pas me souvenir.

J'ai rêvé d'un incendie dans mon ancien collège et d'une petite fille blonde avec des yeux de chat.

Je suis dans notre classe de dessin et elle n'arrête pas de m'embêter pour que je joue avec elle. Dans mon rêve, je lui murmure : « Laisse-moi tranquille, Maddie. » Je suis assise à ma place et je baisse la tête en tâchant de faire comme si elle n'était pas là, mais elle tire sur ma queue-de-cheval et me donne des petits coups sur la tête avec son doigt.

Maddie est dangereuse. Je le sens. Dans mon rêve, au lieu de riposter, je fonce vers la porte. Mais avant que j'aie pu l'atteindre, elle m'attrape par les cheveux et me ramène au milieu de la salle.

Je hurle et, l'instant d'après, j'entends sa voix directement dans ma tête. Elle répète en boucle : « Le feu, le feu, le feu... »

Elle a réussi à s'emparer d'une torche de butane que M. Manning range dans l'armoire à fournitures et elle marche droit aux fenêtres, où les travaux en papier mâché ont été mis à sécher. Horrifiée, je la vois allumer la torche et tourner la molette pour augmenter la puissance de la flamme. Elle rit en l'appliquant sur la première feuille, qui représente un cheval.

Je lui crie d'arrêter, mais elle ne m'écoute pas. Je suis incapable de bouger. Mes jambes ne m'obéissent pas. Pendant ce temps, le feu s'étend à la vitesse de l'éclair. J'ai atrocement mal à la tête, comme si on réduisait mon cerveau en bouillie avec un marteau. Quelqu'un hurle. Je me rends compte que c'est moi. Et je me réveille.

Est-ce que c'est vrai ou faux ? Est-ce que j'ai vécu tout ça ?

Je souhaite de tout mon cœur que ce soit vrai, parce que, alors, je serais sûre que ce n'est pas moi qui ai mis le feu.

8

DES BLESSURES EN VOIE DE GUÉRISON

Le cinquième jour - Vendredi matin

Le lendemain matin, Harper dormit tard. À son réveil, elle était encore sonnée par les calmants qu'elle avait pris à l'hôpital et elle avait mal au bras et au cou. Son sommeil avait été agité, perturbé par des cauchemars.

Son père lui apporta son petit déjeuner sur un plateau : un bol de flocons d'avoine chauds au miel et aux fruits rouges.

– Comment va ma puce ? demanda-t-il en déposant le plateau sur les genoux de sa fille.

– Pas faim.

Elle repoussa la nourriture d'un geste et grogna à cause des points de suture, qui tiraient.

– Et j'ai mal partout.

Son père secoua la tête et souleva une cuillerée de flocons d'avoine.

– Mange quand même.

Il lui mit la cuiller dans la bouche sans lui demander son avis. À peine eut-elle senti le goût tiède et sucré des céréales qu'elle eut une faim de loup. Prenant la cuiller des mains de son père, elle commença à dévorer.

– Où est Michael ? demanda-t-elle.

Elle n'arrivait pas à se débarrasser de l'image du visage de son frère, effrayé et choqué.

– Ta mère l'a emmené au supermarché avec Kelly. Ça m'étonne qu'il ne t'ait pas réveillée, avec le cinéma qu'il a fait.

– Pourquoi ?

– Il ne voulait pas y aller. Il disait qu'il devait rester dans sa chambre, expliqua son père avec un air perplexe. C'est vraiment bizarre ! Lui qui était toujours en train de courir dehors, le voilà qui devient tout à coup casanier. Sans doute parce qu'il ne connaît personne ici.

– Pauvre Michael, dit Harper. Il n'est pas dans son état normal en ce moment.

– Eh bien, on va arranger ça ! Il part en camp de vacances dans quinze jours. Pendant ce temps-là, toi, tu vas démarrer les cours de dessin et Kelly ira à son stage de révisions.

– Je croyais qu'elle suivait des cours sur Internet.

– On l'a inscrite à un stage pour qu'elle rencontre des jeunes du quartier. Ça vous ferait du bien à tous les trois de vous faire des amis avant la rentrée.

Harper fut soulagée d'apprendre que son frère n'allait pas passer le reste des vacances enfermé dans sa chambre.

– Papa, quand est-ce qu'on pourra voir mamie Lee ?

– Crois-le ou non, ta mère en a discuté avec elle. Elle voudrait l'inviter ici, mais elle préfère attendre que la maison soit entièrement finie. Tu connais ta mère. Il faut toujours que tout soit parfait.

– C'est pour ça que je la déçois autant.

– Qu'est-ce que tu racontes ? protesta son père. Tu ne pourras jamais nous décevoir, chérie !

Harper ne dit rien, mais elle savait la vérité : elle ne serait jamais une enfant parfaite aux yeux de sa mère. Celle-ci allait même jusqu'à la croire responsable de l'incendie !

Peter souleva le bras de sa fille pour glisser un coup d'œil sous le pansement. Puis il prit un tube de pommade cicatrisante qu'il appliqua sur ses coupures dans le cou.

Harper fit la grimace. Elle avait vraiment mal partout.

– Papa, tu penses que c'est moi qui ai provoqué l'incendie au collège ?

Il se figea, puis retomba assis sur le lit.

– Ta mère m'a parlé de la discussion que vous avez eue hier.

– Et tu penses que c'était moi ?

– Non, ma puce. Je n'ai pas de certitude sur ce qui s'est passé. Mais quand tu t'es réveillée à l'hôpital, tu as insisté sur le fait que ce n'était pas toi. Et j'ai confiance en toi.

– Mais maman, non. Pourquoi ?

– Mais si, elle aussi, chérie. Elle a eu tellement peur hier qu'elle a parlé sans réfléchir, c'est tout.

Harper ouvrit la bouche pour contredire son père, mais se ravisa devant son air abattu. Elle soupira. Elle savait qu'il ne supportait pas qu'on dise le moindre mal de Yuna. Dès qu'il s'agissait d'elle, il perdait tout recul. Même quand elle était cent pour cent en tort, il lui trouvait des excuses. Et Harper n'avait pas envie de le pousser à mentir pour la défendre. Elle voulait bien admettre que son accident avait dû effrayer sa mère la veille. Mais cette peur n'avait fait que dévoiler ses pensées secrètes. Ce qu'elle croyait réellement.

– J'ai dit que je n'avais pas provoqué l'incendie, confirma-t-elle. Mais je ne me souviens pas de ce qui est arrivé.

Une image de la petite blonde de son rêve lui revint dans un éclair. Son aspect général était un peu flou mais ses traits, eux, étaient parfaitement nets. Elle ne pouvait pas l'avoir imaginée. Elle devait en parler à son père.

Prenant une grande inspiration, elle leva les yeux vers son visage compatissant, mais les mots restèrent bloqués dans sa gorge. Soudain, elle n'était plus si sûre d'elle. Qui était Maddie ? Pourquoi avait-elle mis le feu dans la salle de dessin ? Et ce rêve, ne pouvait-il pas être une invention, malgré tout ?

– Je suis fatiguée, dit-elle. Je vais dormir un peu.

Le cinquième jour - Vendredi après-midi

Environ deux heures plus tard, alors qu'elle traînait encore au lit, Harper entendit les autres rentrer.

Sa mère et sa sœur arrivèrent dans sa chambre avec des sacs de courses.

– Comment te sens-tu, chérie ? lui demanda Yuna.

Elle s'assit sur son lit et lui caressa la joue avant d'examiner ses entailles.

– Bien, répliqua Harper sèchement.

Elle lui en voulait toujours.

Puis elle poussa un cri de joie en voyant sa mère sortir de son sac une boîte géante de Mikado chocolat-amande. C'était ses biscuits préférés, difficiles à trouver même à New York. Il fallait reconnaître que Yuna avait un don pour les offrandes de paix.

– Où est-ce que tu les as trouvés ?

– Oh, pas très loin d'ici, j'ai eu de la chance. J'ai dévalisé tout le stock. Te voilà parée pour un moment.

Yuna resta longtemps assise sur le lit de Harper, à lui tenir la main, avant de se pencher pour lui murmurer à l'oreille :

– Je t'aime, chérie. N'en doute jamais.

Puis elle embrassa sa fille et se leva.

– Mais ne mange pas tout aujourd'hui, hein ?

Tandis qu'elle quittait la chambre, Kelly récupéra son propre sac de courses posé sur le lit.

– Comme maman voulait qu'on prenne des trucs qui pourraient te plaire, je me suis rappelé la série des *Marco l'intello*. Je t'ai pris le dernier livre, et aussi un guide pour apprendre à dessiner les mangas et une boîte de feutres.

Elle tendit le sac à sa sœur, qui le vida sur ses genoux.

– Waouh, c'est trop génial ! Merci, Kelly !

Tout au fond, il y avait une petite peluche qui représentait un beignet avec une bouille rigolote, muni de bras et de jambes. Harper éclata de rire en la tournant vers Kelly.

– Ouais, j'ai pensé à toi dès que je l'ai vue, dit sa sœur en souriant. Tu te souviens quand tu disais à tout le monde que tu voulais devenir un beignet plus tard, pour pouvoir manger des petits bouts de toi quand tu aurais faim ?

– Tu m'appelais le beignet cannibale et tu disais que j'aurais un goût horrible.

– J'avoue qu'un beignet au goût de chair humaine, ça ne doit pas être top.

Kelly rit et, l'espace d'un instant, Harper se rappela les bons moments qu'elles partageaient toutes les deux, avant que sa sœur ne devienne une lycéenne arrogante. Celle-ci tendit la main et tira gentiment sur les cheveux de Harper.

– Remets-toi vite, beignet cannibale. Bon, faut que je retourne réviser, moi.

Un peu plus tard, ce fut au tour de Michael de se glisser dans la chambre.

– Ça va, Harper ? lui demanda-t-il d'une toute petite voix.

Elle s'assit dans son lit et ouvrit grands les bras, et tant pis pour l'élancement réveillé par le mouvement. Michael s'y jeta en la serrant très fort.

– Il y a quelque chose qui ne va pas, Mikey ? demanda-t-elle.

– Je ne sais pas si je trouve encore que Billy est gentil, murmura-t-il. Il n'est pas si génial, en fait.

– Pourquoi ? Qu'est-ce qu'il a fait ?

– Il veut toujours me montrer des trucs, mais je n'aime pas ça. Alors je lui dis d'arrêter, mais il n'écoute jamais. Ça me donne mal à la tête.

– Qu'est-ce qu'il te montre ?

– Des trucs. Mais moi, je veux qu'il arrête.

– Eh bien, dis-lui de partir, lui conseilla Harper.

– Mais il ne m'écoute pas ! Il dit que, comme il est plus grand que moi, c'est lui qui commande. Et puis, je crois que c'est lui qui t'a fait du mal. C'est à cause de son camion de pompiers si tu es tombée.

Harper en resta un instant sans voix.

– Je savais bien que je n'avais pas rêvé ! Mais où est-il passé, ce camion ?

– Je l'ai mis au grenier. Je ne veux plus le voir. Et je me suis fâché contre Billy quand il t'a fait du mal.

Le grenier. L'endroit où Billy ne voulait pas que la famille mette un pied.

– Je ne comprends pas, dit-elle. Pourquoi est-ce qu'il voudrait me faire du mal ?

– Parce qu'il ne t'aime pas. Il pense que tu ne veux pas que je sois son ami. Mais de toute façon, moi, je n'ai plus envie. Il veut toujours être le chef et il est méchant ! Je ne veux plus qu'il habite chez nous.

Ces paroles déclenchèrent chez Harper un nouveau flash. Elle se voyait en train de s'emporter sur quelqu'un qu'elle ne voyait pas. Elle entendait juste sa propre voix qui criait : « Va-t'en ! Laisse-moi tranquille ! »

– Harper, tu m'écoutes ?

Elle secoua la tête énergiquement. Il fallait qu'elle se concentre sur le problème de son frère.

– Excuse-moi, Michael. Qu'est-ce que tu disais ?

– Tu dois dire à Billy de s'en aller.

Harper prit une grande inspiration.

– Mais il n'est pas réel, Michael.

Son frère la dévisagea, choqué.

– Mais si ! La preuve, c'est qu'il t'a attaquée !

Harper tenta de chasser le souvenir du camion de pompiers qui roulait tout seul et la sensation de mains froides sur ses chevilles.

– C'était un accident, lui assura-t-elle. Billy est ton ami imaginaire. Tu as peut-être l'impression qu'il est réel, mais c'est une illusion. C'est toi qui décides. Tu peux lui donner l'ordre de disparaître pour toujours et il sera forcé de t'écouter.

Michael la regarda sans conviction.

– Il ne m'écoute pas, Harper.

« Joue avec moi, Harper ! Ou je t'obligerai ! »

Harper ferma les yeux avec un frisson, essayant de faire sortir cette voix de sa tête.

– Il faut que tu sois fort ! insista-t-elle. C'est toi, le chef. Empêche-le d'entrer. Fais comme s'il n'était pas là. Si tu tiens bon, il finira par s'en aller.

Harper savait que ces mots s'adressaient autant à elle-même qu'à son petit frère.

Michael hocha la tête, mais son visage grave trahissait son incrédulité.

– Je peux dormir avec toi cette nuit ? lui demanda-t-il.

Elle sourit, ravie.

– Ce serait super !

LE JOURNAL DÉBILE DE HARPER À WASHINGTON

NOTE N° 8

Des trucs que je déteste :

1. Il n'y a pas de pizzeria, ni de restaurants de plats à emporter près de chez moi.

2. Mes migraines.

Cette maison me donne mal à la tête. J'ai eu une migraine horrible aujourd'hui, alors que je venais de retrouver un souvenir super bizarre. Enfin, je crois que c'était un souvenir. Je regardais la télé et il y avait à l'écran une fille aux cheveux roux flamboyants. Ça m'a rappelé une amie que j'avais avant.

Dans mon souvenir, je suis dans mon lit, cachée sous une montagne de couvertures avec ma meilleure amie, et on se raconte des secrets tout bas. Je vois ses boucles rousses, mais son visage est comme un rond sombre, comme si elle se tenait à contre-jour.

Plus j'essaie de voir son visage, plus j'ai mal à la tête. C'est là que les murmures commencent. Allez, Harper, rappelle-toi !

Mais malgré tous mes efforts, impossible de voir son visage.

Je n'arrive pas à savoir si c'est vrai ou faux.

9

LE GRENIER

Le sixième jour - Samedi matin

Une nouvelle journée de canicule commençait à Washington. Harper était agitée, mal à l'aise.

Elle en aurait presque pleuré de soulagement lorsque Dayo passa la voir. Son amie était venue sans Citrouille, mais avec sous le bras une grosse boîte de cookies aux flocons d'avoine, cranberries et chocolat blanc. Yuna leur apporta deux grands verres de lait bien froid et un saladier de pop-corn.

– Alors, comment tu te sens ? demanda Dayo.

– Ça va. J'en ai surtout marre d'être enfermée dans cette chambre, en fait.

– Tu as eu combien de points de suture ?

– Vingt-cinq, répondit Harper en soulevant un peu son pansement pour lui montrer sa cicatrice.

Dayo s'était assise au bout du lit, les jambes ramenées contre elle, le menton sur les genoux.

– C'est quand même la deuxième fois que tu te blesses sérieusement depuis que tu habites ici, observa-t-elle. Et ça ne fait même pas une semaine.

Harper poussa un gros soupir. Elle devinait où cette conversation les menait.

– Je sais que tu ne crois pas aux fantômes ni à ces trucs-là, poursuivit son amie. Mais tu devrais faire attention ! (Elle sortit plusieurs feuilles de papier de sa poche.) Je me suis renseignée et j'ai trouvé des choses vraiment intéressantes sur l'histoire de cette maison. Elle a été bâtie en 1889 par le professeur Alfred Mitchell Grady. C'était un chimiste, fasciné par la vie après la mort. Il croyait au spiritisme. Je pense que ça veut juste dire qu'on croit aux fantômes, quoi. Sa femme est morte en accouchant, alors qu'ils venaient de s'installer ici. Et après ça, le professeur a passé beaucoup de temps avec une médium célèbre qui s'appelait Eudora Dubois. Un médium, c'est un voyant qui peut parler avec les morts. J'ai cherché sur Internet. Bref, le professeur pensait que les morts pourraient lui apprendre des choses sur la mort et lui donner le secret de l'immortalité. Alors il organisait plein de séances de spiritisme avec Mme Dubois. Et, apparemment, il a fait des expériences bizarres sur des clochards et ça a mal tourné.

– Quel genre d'expériences ? demanda Harper.

– Je ne sais pas, mais il y a eu des problèmes qui ont poussé la police à ouvrir une enquête. Quand les policiers sont venus pour arrêter Grady, ils ont trouvé Mme Dubois morte à la table de la séance, et il avait disparu. C'était en 1913. D'après la rumeur, il aurait passé un pacte avec le diable qui lui aurait offert l'immortalité.

Harper frissonna. Elle avait toujours eu peur du diable.

– Ne prononce pas le nom du type à cornes devant moi, demanda-t-elle. Ça me fait flipper.

– Pardon, dit Dayo machinalement tout en continuant à lire. Puis, en 1925, la maison a été rachetée par la famille Bellair, qui a subi la même année une terrible tragédie avec la mort accidentelle du fils aîné, William. Il avait huit ans.

– Oh, c'est trop triste ! Qu'est-ce qui s'est passé ?

– L'article ne le dit pas. Ensuite, la maison est devenue la propriété des Richmond qui l'ont habitée pendant longtemps. Leur fille unique l'a revendue en 1965 à la famille Jacob.

– Si les Richmond ont vécu ici aussi longtemps, pourquoi ça ne s'appelle pas la maison Richmond au lieu de la maison Grady ?

– Sans doute parce qu'il ne leur est rien arrivé, supposa Dayo.

– Rien du tout, pendant quarante ans ?

– Je veux dire, rien de spécial. Mais les Jacob, eux, avaient un fils qui est tombé gravement malade et qui a failli mourir. Il est allé à l'hôpital, et il a guéri. Mais dès qu'il est rentré chez lui, il a rechuté. Alors il est retourné à l'hôpital et les Jacob ont déménagé. Depuis, la maison a changé cinq fois de propriétaires. Ils ne sont jamais restés très longtemps, jusqu'à l'arrivée de la dernière famille, les McCarthy. La mère a été arrêtée pour mauvais traitements et tentative de meurtre sur son fils de six ans. Il a survécu et a été confié à ses grands-parents. L'avocat de Mme McCarthy a plaidé l'irresponsabilité pour cause de troubles mentaux. Elle disait que son fils était possédé par un esprit malin et qu'elle avait juste essayé de le sauver.

L'image du garçon inquiétant passa rapidement dans la tête de Harper.

– C'est terrible.

– Ce qui est terrible, c'est que tu aies eu à la suite deux accidents super bizarres. Il y a quelque chose ou quelqu'un qui ne t'aime pas dans cette maison.

– Mais non. Je suis sûre qu'il n'y a rien du tout, affirma Harper d'un ton ferme. Le problème, c'est surtout que je ne suis qu'une empotée.

Dayo la regarda d'un air dubitatif.

– Je parie que tu voudrais que ma maison soit hantée parce que tu trouves ça cool, la taquina Harper.

– Heu, d'accord, une maison hantée, c'est cool, fit son amie en haussant les sourcils, mais pas pour y habiter. Franchement, Harper, je ne veux même pas imaginer à quoi ça ressemble de passer ses journées avec un fantôme.

Harper prit le plaid posé sur son lit et s'en couvrit la tête.

– Je suis le fantôme de la maison du vieux Grady et je suis venue voler ton âme, houuuu houuuuu.

Un oreiller s'abattit doucement sur son crâne et elle enleva le plaid dans un éclat de rire.

– Ce n'est pas drôle, protesta Dayo. Imagine qu'il y ait vraiment un fantôme ou un esprit dans cette maison et qu'il veuille ta peau, comme ça s'est déjà passé avant. Ça ne te fait pas peur ?

– Bah, de toute façon, dans tes histoires, c'est toujours à des garçons qu'il arrive des trucs. Alors normalement, je n'ai rien à craindre.

– Et Michael ?

Harper repensa aux paroles du petit garçon.

« Tu dois dire à Billy de s'en aller. »

– La terre appelle Harper... Harper, répondez ! répétait Dayo en boucle.

– Oh, désolée, j'étais ailleurs.

– Et tu faisais vraiment une drôle de tête. On aurait dit que tu étais constipée ou je ne sais quoi.

– Quoi ? Mais... n'importe quoi ! bafouilla Harper, indignée.

– Mais si, regarde, tu faisais comme ça...

Dayo plissa le visage et Harper éclata de rire.

– Si je comprends bien, j'ai l'air constipée quand je réfléchis ? résuma-t-elle.

– Je ne sais pas à quoi tu pensais, mais ça n'avait pas l'air de te plaire, en tout cas.

C'était le moins qu'on puisse dire. Mais jusqu'où Harper pouvait-elle se confier sans que Dayo la prenne pour une folle ? D'accord, c'était toujours son amie qui mettait le sujet des fantômes sur le tapis. Mais ce serait une autre affaire si Harper commençait à lui raconter qu'à son avis, un fantôme harcelait son petit frère. Même elle, elle trouvait ça trop bizarre !

Harper repensa au camion de pompiers. Michael disait qu'il appartenait à Billy et qu'il l'avait rangé au grenier. C'était le seul endroit de la maison où leurs parents n'avaient pas mis les pieds. Harper n'arrêtait pas de penser à ce jouet. Il fallait qu'elle le retrouve et qu'elle le jette. Peut-être qu'alors, Michael retrouverait une vie normale.

– Je pensais au grenier, dit-elle tout haut. Mon père dit qu'il est rempli de vieilleries qui appartenaient aux anciens propriétaires. Ma mère lui a demandé de ne rien jeter, au cas où il y aurait un meuble ou un objet de valeur dans tout ça. Mais si la maison est vraiment hantée, ça se pourrait que certaines affaires soient hantées aussi.

Une étincelle de curiosité s'alluma dans les yeux de Dayo. Malgré sa peur, elle était visiblement très tentée par la perspective d'une chasse aux fantômes.

– Je vais voir, reprit Harper. Tu m'accompagnes ?

Dayo jeta un coup d'œil sur les pansements de son amie.

– Tu n'es pas censée rester au lit, toi ?

– C'est quoi, le problème ? ricana Harper. Tu te dégonfles ?

Elle se leva prudemment, en réprimant tant bien que mal une grimace de douleur. Puis elle leva les pouces pour signifier à Dayo qu'elle allait très bien, et ouvrit la porte. Une fois dans le couloir, elles échangèrent un regard inquiet.

– Tu es sûre que tu veux venir ? insista Harper.

Dayo fit oui d'un signe de tête, visiblement partagée entre appréhension et excitation.

– Allons-y ! lança-t-elle.

Elles dépassèrent la salle de bains et s'arrêtèrent devant un placard pour y prendre des lampes de poche. Au bout du couloir, il y avait une petite porte fermée par un loquet, qui s'ouvrit en grinçant. Harper alluma la lumière. La cage d'escalier était étroite et mal éclairée et sentait le renfermé. Les marches craquaient à chaque pas et Dayo gloussa en s'agrippant au tee-shirt de Harper.

– Cette maison fait vraiment des bruits de maison hantée, en tout cas, plaisanta-t-elle.

Malgré les rayons du soleil qui pénétraient par les fenêtres, le grenier semblait se limiter à des recoins sombres et à des bâches poussiéreuses. Les filles allumèrent leurs lampes de poche pour inspecter les ombres et contourner les objets éparpillés partout. Il y avait de vieilles bibliothèques remplies de cartons et de bricoles, enfouies sous une couche de poussière si épaisse que Harper n'aurait pas su les identifier.

Dayo glissa un coup d'œil dans un carton plein de papiers jaunis.

– Waouh. Tous ces trucs ont l'air d'être là depuis des milliers d'années.

– Disons une centaine, nuança Harper. C'est déjà pas mal.

En balayant les recoins avec sa lampe torche, elle s'arrêta sur l'éclat d'un reflet. Elle avait trouvé le camion de pompiers. C'était le seul objet de tout le grenier qui ne disparaissait pas sous la poussière.

– Le voilà, dit-elle en s'approchant de l'étagère pour prendre le jouet. C'est là-dessus que je me suis coupée. Michael m'a dit qu'il l'avait rangé ici après.

Dayo braqua sa lampe dessus, mais refusa d'y toucher.

– Il est vieux et répugnant. Et en plus, il est couvert de sang.

– Ça doit être le mien, supposa Harper.

En effet, l'une des échelles était souillée par du sang séché.

Dayo recula d'un pas.

– Je ne l'aime pas du tout, ce camion, dit-elle. Il me donne la chair de poule. Tu devrais le jeter.

Puis elle dirigea le rayon de sa torche de l'autre côté.

– Hé, regarde ça ! s'exclama-t-elle soudain.

Harper se retourna vers l'endroit en question, occupé par une longue table et une armoire vitrée à l'ancienne. Cette partie du grenier était moins encombrée et moins poussiéreuse, un peu comme si quelqu'un avait essayé de la tenir propre. Harper, fascinée, examina le contenu de la vitrine. Toutes sortes d'instruments de musique y étaient entreposés : violons, triangles, flûtes, petites guitares, cymbales, et une multitude d'autres objets. Elle tourna la poignée, mais la porte refusa de s'ouvrir.

– C'est fermé. Je me demande où est la clé.

– Je parie qu'elle se trouve quelque part dans une de ces petites boîtes, suggéra Dayo.

Elle venait de soulever une vieille couverture jaunie qui protégeait la table. Celle-ci était en réalité un bureau, parsemé d'objets aussi étranges qu'exotiques. Dans un angle s'alignait une série de boîtes en bois de tailles variées, qui allaient des plus ordinaires aux plus richement décorées. Harper ouvrit un petit coffret noir laqué, dont le couvercle était orné de fleurs peintes de toutes les couleurs. Une ballerine miniature apparut et fit un tour sur elle-même au son d'une jolie mélodie. À l'autre extrémité du bureau étaient posés six petits instruments en bois et en argent, en forme de cônes. Le long du plus gros était gravée l'inscription « Trompette des esprits ». À côté, il y avait des tablettes en bois, elles aussi de tailles variées. La plus grande portait l'inscription : « Qu'en dit Planchette ? Jacques et Fils, Londres ».

Harper la prit pour l'examiner de plus près.

– Qu'est-ce que c'est que ce truc ?

– Je dirais que ça va avec ça, observa Dayo en désignant une large planche d'aspect ancien, sur laquelle figuraient des chiffres et des lettres.

Tout autour de la planche, il y avait des cartes représentant de drôles d'images.

– C'est quoi, tout ce bazar ? fit Harper.

– Je sais, répondit Dayo à voix basse. La grande planche est un Ouija. Les cartes sont des cartes de tarot. Ça permet d'entrer en contact avec les esprits et de leur poser des questions. Et regarde ! fit-elle en soulevant davantage la couverture pour découvrir le reste du bureau. Une boule de cristal !

– Génial ! s'exclama Harper.

Elle s'approcha pour effleurer le globe brillant, mais Dayo rabattit la couverture en secouant vivement la tête.

– On ferait mieux de ne toucher à rien, dit-elle. Ma mère dit que ces choses-là peuvent attirer les esprits malins. Il vaut mieux ne jamais s'en approcher.

Harper recula en acquiesçant d'un hochement de tête. Elle n'avait aucune envie d'attirer les esprits malins. En baissant les yeux, elle se rendit compte qu'elle tenait toujours la planchette et la reposa sur la table. Elle sursauta, horrifiée, en la voyant se mettre à tourner sur elle-même. L'atmosphère du grenier parut s'alourdir brusquement, se chargeant d'attente.

– Harper, non ! Tu l'as posée sur le Ouija ! Vite, il faut la retirer !

Harper se força à saisir la tablette en bois qui tournait pour la jeter à l'autre bout du bureau.

– Allons-nous-en d'ici, souffla Dayo avec un frisson.

Elles repartaient vers l'escalier lorsqu'un grand fracas les fit sursauter. Balayant l'espace devant elles avec le rayon de sa torche, Harper vit qu'une pile de cartons s'était effondrée sur leur chemin. Des centaines de billes multicolores roulaient dans tous les sens. Alors qu'elles se penchaient pour les ramasser, une petite musique s'éleva faiblement de derrière les cartons, se mêlant au roulement des billes et au craquement du parquet. Une sensation d'oppression s'empara de Harper et ses cheveux se dressèrent sur sa nuque. À l'instant où elle se mettait en marche vers la musique, Dayo lui saisit le bras, tirant sur ses points de suture.

– Aïe, lâcha Harper.

– Désolée, souffla son amie. J'ai la trouille !

Elles se remirent en mouvement vers la mélodie, Harper serrant le camion de pompiers contre elle, tandis que Dayo la suivait de près en agrippant l'arrière de son tee-shirt. La petite musique grinçante jouait toujours. En contournant une vieille table basse sur laquelle s'entassaient des cartons et des paquets de feuilles, elles s'aperçurent que d'autres cartons étaient tombés, déversant une marée de livres et de petits objets emballés dans du papier journal jauni. Le bruit provenait d'une pile de vieux vêtements. Harper la déplaça du bout du pied et découvrit dessous une petite boîte jaune et crasseuse munie d'une manivelle.

– C'est une de ces boîtes qui contiennent un diable à ressort, expliqua Dayo. Elle a dû se mettre en marche en tombant.

– Décidément, tu en sais des choses ! observa Harper, admirative.

– J'aime bien regarder les émissions sur les antiquités quand j'aide ma mère à faire de la pâtisserie, dit Dayo en souriant.

Harper ramassa la boîte et la retourna.

– Comment fait-on pour l'arrêter ?

Elle donna un tour de manivelle, mais il ne se passa rien. La petite musique continuait à s'égrener. Dayo se décida à lâcher le tee-shirt de Harper pour prendre l'objet.

– Ça doit être coincé, diagnostiqua-t-elle.

Elle donna un bon coup de manivelle, secoua la boîte.

– Hmm. C'est carrément cassé, on dirait.

Elles examinaient la boîte, front contre front, lorsque le couvercle s'ouvrit brusquement. Il en jaillit un clown qui agita comme un fou deux grandes mains rouges, tandis que sa figure terrifiante tressautait sous le nez des deux filles.

Harper et Dayo hurlèrent, trébuchèrent sur les billes, vacillèrent en battant l'air de leurs bras et finirent par s'affaler par terre. La boîte fut la première à tomber et le clown à la tête de fou jaillit en avant comme pour s'échapper.

Se relevant tant bien que mal, les deux amies dévalèrent l'escalier à toute vitesse. Harper prit juste le temps de s'arrêter sur le palier pour replacer le loquet. Son cœur tambourinait violemment dans sa poitrine. Tous les muscles de son corps lui faisaient mal et les points de suture tiraient sur sa peau. Dayo fonça jusqu'à la chambre, où Harper la suivit et plongea sur le lit. Dayo l'imita et elles se blottirent l'une contre l'autre. Elles restèrent longtemps ainsi, à se regarder sans rien dire, avant d'éclater de rire.

– Hi hi hi ! La tête que tu as faite ! hoqueta Dayo entre deux gloussements.

– Tu n'as pas vu la tienne ! À croire que tu avais croisé un fantôme !

– Ah, ce crétin de diable à ressort ! s'écria Dayo. Franchement, ce clown était super flippant ! J'ai failli avoir une crise cardiaque.

Harper essuya ses larmes de rire en hochant la tête.

– Et moi, j'ai failli faire pipi dans ma culotte.

– Ah ! dit Dayo. Pendant une seconde, j'ai cru qu'il y avait vraiment un fantôme là-haut.

À cet instant, Harper se rendit compte qu'elle ne tenait plus le camion de pompiers.

– Mince, j'ai dû lâcher le camion.

Dayo leva de grands yeux effarés vers le plafond et secoua la tête.

– Pas question que j'y retourne !

– Moi non plus !

Et elles rirent de plus belle.

– Tu sais quoi ? reprit Dayo. Demain, c'est dimanche, on va à la messe à Notre-Dame-de-la-Miséricorde. Tu devrais venir avec nous. Je pourrais même emporter une petite bouteille pour qu'on te prenne un peu d'eau bénite.

Harper la regarda d'un air sceptique.

– Mais je t'ai dit que je n'étais pas catholique.

Dayo rejeta l'argument d'un geste de la main.

– Pas grave. Je veux juste que tu aies de l'eau bénite. Ça te protégera.

Harper n'était toujours pas convaincue.

– Enfin, tu n'as qu'à y réfléchir, conclut son amie. Moi, ça me rassurerait si je savais que tu en avais. En tout cas, fais attention à toi.

Et elle serra Harper dans ses bras, en prenant soin de ne pas lui faire mal.

LE JOURNAL DÉBILE DE HARPER À WASHINGTON

NOTE N° 9

Des trucs que je déteste :

1. La poussière.

2. Les vieux trucs qui pourrissent.

3. Les clowns.

J'ai vraiment détesté ce clown-diable à ressort. Je n'arrive pas à croire qu'il y avait autrefois des gens qui achetaient ça pour des enfants. C'est vraiment méchant ! Je ne comprends pas non plus pourquoi des adultes font venir des clowns à des fêtes d'anniversaire de petits. C'est effrayant, les clowns. J'ai un souvenir très précis de quand j'avais cinq ans à une fête d'Halloween. J'étais en train de prendre un bonbon dans un grand bol quand j'ai senti une présence derrière moi. En me retournant, je me suis retrouvée nez à nez avec un grand clown souriant et flippant. J'ai hurlé. C'est mamie Lee qui m'a consolée, et montré que le clown n'était qu'une personne avec plein de maquillage et une perruque super moche. N'empêche que depuis, ils me font toujours aussi peur.

Quelque chose à propos du diable à ressort à tête de clown m'a angoissée autant que cette fois-là, quand j'étais petite. Ça m'a donné la sensation que la maison était vivante et qu'elle essayait de m'effrayer pour se débarrasser de moi.

Entre tous les objets bizarres qu'on a découverts dans le grenier et les informations que Dayo a trouvées sur Internet, j'ai l'impression que, pour comprendre pourquoi cette maison est aussi flippante, je dois me renseigner sur les anciens propriétaires. Le plus bizarre, c'est qu'en cherchant mon adresse sur Google, je suis tombée sur une page entière consacrée au vieux M. Grady, le premier propriétaire. Dayo avait raison, apparemment. Il avait un grain. Il croyait que s'il arrivait à domestiquer le pouvoir du monde des esprits, il pourrait découvrir le secret de l'immortalité. Alors il menait des expériences en prenant comme cobayes des pauvres qui n'avaient pas de famille. Il les invitait à un dîner préparé par Eudora Dubois. La page Internet dit que c'était une fausse médium sans pouvoirs, qui était juste la complice de Grady. Elle empoisonnait les plats avec de la strychnine, le poison qui servait à tuer les rats à l'époque.

Une petite quantité suffisait pour tuer un homme, et Mme Dubois en mettait assez pour provoquer une attaque qui déclenchait la mort en une heure. Pendant que la victime était secouée par des convulsions, Grady lui administrait des électrochocs et notait ses découvertes. C'était une torture atroce.

Donc, il y a eu beaucoup de morts dans cette maison. Ça explique l'atmosphère sinistre. Mais je ne peux pas m'empêcher de me demander... qu'est devenu Grady ? Apparemment, son corps n'a jamais été retrouvé. Est-ce que ça peut vouloir dire qu'il est encore quelque part dans la maison ? Peut-être qu'il hante ces murs et que je dois retrouver ses os pourrissants pour me débarrasser de lui.

10

LA TRANSFORMATION

Le sixième jour - Samedi après-midi

Harper appela Michael, qui, une fois de plus, ne répondit pas. Elle frappa à sa porte. Au bout d'un long moment, elle l'entendit crier : « Va-t'en ! » Elle ouvrit quand même. Aussitôt, elle remarqua le nouveau tapis qui occupait le milieu de la pièce, à la place de celui qui avait été taché par son sang. Michael tenait le camion de pompiers à la main.

– Tu ne m'avais pas dit que tu l'avais monté au grenier ? lui demanda-t-elle.

– Il est à moi, dit-il sans se retourner. Je l'aime bien.

Sa voix était plate, dénuée d'émotion.

Harper se campa devant lui et le dévisagea. Il ressemblait à un zombie. Lorsqu'elle se pencha vers lui, il se mit à gronder avec la férocité d'un singe sauvage.

– Ne me touche pas !

– Pourquoi tu fais ça, Mikey ?

– Je veux juste que tu t'en ailles. Sinon, tu vas le regretter.

Harper tressaillit. C'était la première fois qu'il la menaçait. Il fallait qu'elle le fasse sortir de sa chambre, qu'elle l'éloigne de ce qui le retenait prisonnier.

– Allez, viens, Mikey. On va chercher des glaces.

Passant un bras autour de ses épaules, elle tenta de le faire pivoter vers la porte.

Michael se détourna vivement et brandit le camion de pompiers comme pour la frapper. Harper recula aussitôt.

– Ça va, Michael ? demanda-t-elle, inquiète.

Sans répondre, il la fixa d'un air hébété. Harper éprouva un profond malaise, et repensa à leur dernière conversation. « Tu dois dire à Billy de s'en aller. »

– C'est toujours Billy qui t'embête ?

L'effet fut immédiat : la rage contorsionna le visage du petit garçon.

– Laisse-moi tranquille ! Ou je te colle une beigne sur le tarin !

Sa voix était parfaitement neutre, ce qui rendait la scène encore plus glaçante. L'effroi avait remplacé l'inquiétude dans le cœur de Harper. Michael ne menaçait jamais personne. La violence n'était pas dans sa nature.

– Qu'est-ce que tu racontes ? C'est quoi, un tarin ?

– Ton nez en forme de patate ! Sors, maintenant !

Harper resta où elle était, trop sonnée pour bouger. Elle ne pouvait pas s'empêcher de se dire que la personne qui était en face d'elle n'était pas son petit frère.

– Je te dis de sortir, pauvre niaise.

Il la visa avec le camion de pompiers et la rata de peu.

– Qu'est-ce qui se passe ici ?

Leur mère se tenait sur le seuil, la tête dans l'embrasure, les sourcils froncés.

L'expression de Michael passa de la rage à l'adoration.

– Maman ! cria-t-il. Tu es revenue pour moi !

Il courut vers elle et jeta les bras autour de sa taille.

– Je n'ai pas bougé de la journée, chéri, lui signala-t-elle en lui tapotant la tête. Comment ça va, Harper ?

– Tu ne dois pas lui parler, répondit Michael à la place de sa sœur. Elle est méchante avec moi, je la déteste ! Elle a dit qu'elle voudrait que je sois mort !

Yuna et Harper en restèrent toutes les deux sans voix.

– Harper ! Comment peux-tu dire une chose pareille ?

– Mais je n'ai jamais dit ça ! Lui, il a voulu me frapper avec son camion de pompiers ! Celui sur lequel je me suis coupée et qui m'a envoyée à l'hôpital hier !

Elle se pencha pour ramasser le jouet, mais Michael fut plus rapide qu'elle. Yuna regarda avec répulsion l'objet qu'il serrait contre lui.

– Donne-moi ça, lui ordonna-t-elle.

Il cacha le camion dans son dos.

– Non ! Il est à moi ! Elle ne l'aura pas !

– Michael, donne-moi ça tout de suite.

La voix de Yuna était calme, mais ferme.

Michael obéit tout en foudroyant sa sœur du regard. Yuna examina le camion de pompiers, s'attardant sur le sang séché qui maculait la peinture blanche de l'échelle.

– C'est là-dessus que tu t'es coupée, constata-elle d'un ton neutre.

Harper confirma d'un signe de tête. Sa mère se tourna vers Michael.

– C'est toi qui l'as caché après l'accident de ta sœur ? Tu l'as fait exprès ? Tu savais que je cherchais l'objet qui l'avait blessée !

Michael fondit en larmes.

– J'ai rien fait ! C'est elle qui veut me faire punir !

Yuna s'agenouilla et le prit dans ses bras.

– Oh, chéri, je suis sûre qu'il y a un malentendu dans cette histoire.

Blotti dans les bras de sa mère, Michael semblait heureux, serein, fidèle à lui-même. Harper commençait à se demander si elle n'avait pas rêvé… lorsqu'il rouvrit les yeux.

Là, le choc faillit la faire tomber à la renverse. Il avait les yeux si sombres, si vides, si morts… !

Ce n'était pas son frère.

Puis il battit des paupières et son regard redevint normal.

On frappa à la porte et la tête de Kelly apparut.

– Maman, on ne devait pas aller faire les magasins ?

– Si, si, j'arrive.

Yuna lâcha son fils et reprit le camion de pompiers.

– Je ne peux pas te le laisser pour l'instant, précisa-t-elle. Je te le rends demain.

Mais le petit garçon ne s'intéressait plus au jouet.

– Tu vas où ?

– J'emmène ta sœur faire des courses, on sera rentrées pour le dîner.

– Je ne veux pas que tu partes avec elle, geignit-il. Je veux que tu restes avec moi.

– Tout va bien, chéri, dit-elle en lui caressant les cheveux. On revient bientôt.

– Ne fais pas ton bébé, lui lança Kelly en redescendant avec sa mère.

Harper suivit Michael jusque dans l'entrée, et fut frappée par l'intensité avec laquelle il fixait sa grande sœur et par la colère froide qui émanait de lui. Le rictus sauvage qui déformait le visage du petit garçon lui donna la chair de poule.

Lorsque la porte d'entrée se fut refermée, Michael fit demi-tour et remonta. Ce n'est que lorsqu'il eut regagné sa chambre que Harper se sentit libre de s'éloigner.

LE JOURNAL DÉBILE DE HARPER À WASHINGTON

NOTE N° 10

Des trucs que je déteste :

1. Entendre de drôles de bruits dans la maison.

2. Entendre de drôles de bruits dans ma tête.

3. Les rêves bizarres.

Je me trouve dans une pièce qui rappelle un peu mon salon, mais qui est totalement différente. Tout le mobilier est en bois, et le tissu du canapé a un drôle de motif vieillot. Dans un coin, il y a un vieil appareil pour écouter des disques, je crois qu'on appelle ça un phonographe. J'en ai vu dans des vieux films en noir et blanc.

Je pense que c'est chez moi, parce qu'il y a de grandes portes-fenêtres comme celles qui ont fait craquer ma mère quand on a visité la maison. Et dehors, juste derrière les vitres, il y a le même magnolia géant. En plus, la pièce donne sur une entrée qui est pile comme la nôtre. Je crois que je rêve de ma maison comme elle était il y a longtemps. Mais je ne sais pas du tout pourquoi.

Soudain, un petit garçon entre en courant, avec plusieurs petites voitures dans les mains. Il est poursuivi par un garçon plus grand qui n'a pas l'air content. Ce garçon-là me rappelle quelque chose, mais je ne sais pas quoi.

Le plus petit doit avoir l'âge de Michael. Il s'assied par

terre au milieu du salon et se met à jouer avec ses voitures. L'autre reste là à l'observer d'un air super méchant, comme s'il le détestait. Il s'approche et lui arrache une petite voiture des mains.

- Arrête, William! crie le petit. C'est ma voiture! Rends-la-moi!

William se détourne et commence à taper la petite voiture violemment par terre, jusqu'à faire voler ses roues dans les airs.

- Mais arrête! T'es en train de la casser!

- Ferme-la, Jonathan, ou tu vas t'en prendre une!

Jonathan essaie de récupérer le jouet, mais William le repousse rudement et le fait tomber par terre.

- Je vais le dire à maman!

Devant l'expression de colère de William, j'ai envie de crier à Jonathan de faire attention, de se sauver. Au lieu de ça, horrifiée, je regarde William écraser la voiture sur le visage de son frère, jusqu'à le faire saigner du nez. Le petit se met à hurler, et une femme qui doit être leur mère arrive en courant.

- Oh, seigneur! Jonathan!

Elle s'agenouille auprès du garçon hurlant et le prend dans ses bras. Puis elle sort un grand mouchoir en dentelle de la poche de son tablier et le maintient sous le nez de l'enfant.

- Tu l'as encore frappé? demande-t-elle durement à William.

Celui-ci se met à faire non avec la tête. Le plus étrange, c'est le changement qui s'est produit en lui depuis l'arrivée de sa mère. Il la regarde avec adoration, d'un air suppliant, tout en lui mentant éhontément.

La femme le dévisage avant de se tourner de nouveau vers Jonathan.

- Raconte-moi ce qui s'est passé, lui demande-t-elle.

Mais le petit garçon pleure tellement qu'il n'arrive pas à parler.

- Calme-toi, chéri, et dis-moi ce qui s'est passé. C'est ton frère qui t'a fait ça?

Aussitôt, l'amour qui illuminait les yeux de William disparaît. Il fusille son frère du regard, et je le vois secouer lentement la tête en fixant le petit garçon épouvanté.

- Non, maman, dit celui-ci. Je suis tombé.

On ne peut pas lui reprocher d'avoir menti. Son frère est vraiment effrayant.

La mère se retourne vivement pour observer William pendant un long moment. Ça me rend malade de voir la rapidité avec laquelle il reprend l'expression du gentil garçon aimant.

Enfin, elle soupire et se relève en soulevant son fils dans ses bras.

- Bon, allons mettre des glaçons sur ce nez.

Et elle sort de la pièce en le serrant contre elle.

William les suit des yeux avec une telle expression de jalousie et de haine que j'en aurais presque de la peine pour lui. Mais à cet instant, ses yeux tombent sur les petites voitures de Jonathan et il les écrase sous les épaisses semelles de ses chaussures, jusqu'à les réduire à un petit tas de pièces brisées. Alors, il se passe la chose la plus étrange: il relève la tête et me regarde droit dans les yeux. Comme s'il pouvait me voir. Et son sourire est si mauvais que je me réveille en sursaut.

Je ne comprends vraiment pas d'où peut sortir un rêve aussi bizarre. Qui est ce garçon? Et pourquoi est-il aussi horrible? Son sourire est démoniaque. Et il y a quelque chose qui ne va pas dans son regard. C'est un regard vieux, très vieux.

Vrai: Je ne connais pas ce garçon.

Vrai: Il me fait peur.

11

L'ACCIDENT

Le septième jour - Dimanche après-midi

Après le déjeuner, Dayo revint distraire Harper, cette fois avec Citrouille. Elle avait apporté des cookies caramel-chocolat tellement délicieux que Harper en engloutit trois aussitôt.

– Décidément, ta mère est la meilleure pâtissière du monde entier, déclara-t-elle.

Son amie approuva d'un hochement de tête en plongeant un cookie dans son verre.

– Notre église la supplie toujours d'en préparer pour ses ventes de charité, parce qu'ils se vendent super bien.

– Eh bien, si jamais elle décide d'ouvrir sa boutique, on sera ses meilleurs clients, lui assura Yuna.

Debout à côté de sa fille, elle se pencha pour examiner ses points de suture.

– Ça va mieux ? demanda Dayo à Harper.

– Ça fait encore un peu mal.

– Quand est-ce qu'on t'enlève les fils ?

Harper tourna un regard interrogateur vers sa mère.

– Plus que quelques jours à patienter, répondit celle-ci en souriant.

À cet instant, Michael entra dans la cuisine avec une drôle d'expression un peu égarée.

– Te voilà, chéri, lui dit sa mère. Tu veux un cookie ?

Elle lui tendit l'assiette. Il commença par secouer la tête, jusqu'à ce qu'il voie Citrouille, assise sur les genoux de Dayo. Alors, sans quitter la petite chienne des yeux, il tendit la main et se servit avant de ressortir.

– Qu'est-ce qu'il a, ton frère ? demanda Dayo.

Harper haussa les épaules. Comment pouvait-elle avouer ce qu'elle pensait ? Qu'elle ne le reconnaissait plus et que son nouveau comportement lui déplaisait profondément ? Qu'elle soupçonnait qu'il était possédé par le fantôme d'un garçon qui avait vécu dans cette maison presque un siècle plus tôt ?

Harper regarda Yuna, troublée. Comment sa mère pouvait-elle ne pas voir qu'il y avait un problème ? N'avait-elle remarqué aucune différence ?

– Il est très bizarre ces derniers temps, déclara-t-elle enfin.

– Bah, il est juste un peu déprimé, dit Yuna. Je pense que c'est l'effet combiné du changement de ville et de maison, et le fait de se retrouver sans amis. Mais le camp de vacances commence bientôt. Ça devrait lui faire du bien.

Dayo hocha la tête d'un air compréhensif.

– Ça doit être dur pour lui de n'avoir personne avec qui jouer.

Harper ne réagit pas. Elle savait bien que le problème ne venait pas de là.

– Bon, les filles, si vous avez besoin de quoi que ce soit, dites-le-moi, déclara Yuna avant de sortir. Je suis dans mon bureau.

Harper et Dayo allèrent regarder la télévision dans le salon. Un peu plus tard, Harper vit Michael traverser l'entrée, son cookie toujours à la main. Il n'y avait pas touché. Elle le surprit en train de l'émietter en laissant les bouts tomber par terre. Aussitôt, Citrouille sauta du canapé pour aller manger les miettes en suivant la piste qu'elles formaient par terre. Intriguée, Harper se levait pour aller voir ce qui se passait, quand un jappement aigu retentit et que Citrouille revint en boitillant. Elle geignait en tenant sa patte avant droite repliée devant elle. Michael arriva en courant à sa suite et la petite chienne fila se cacher en tremblant derrière Dayo.

– Qu'est-ce que tu as fait ? demanda sèchement Harper.

– Rien du tout !

Il avait répondu d'un ton hostile, les poings crispés, les bras serrés le long du corps. Harper ne l'avait jamais vu prendre cette position. Une fois de plus, elle fut frappée par son agressivité.

– Dans ce cas, comment Citrouille s'est-elle fait mal ?

Il haussa les épaules.

– Je lui ai peut-être écrasé la patte en marchant dessus sans le faire exprès.

Dayo la souleva et la serra contre elle.

– Mais elle tremble comme une feuille ! s'exclama-t-elle. Je ferais mieux de l'emmener chez le vétérinaire. Espérons qu'elle n'ait rien de cassé !

– Ma mère va nous conduire, dit Harper. Je vais la chercher tout de suite.

Elle courut voir Yuna, qui lui demanda d'aller prévenir Peter pendant qu'elle examinait la petite chienne.

Lorsque Harper ramena son père au salon, Dayo était penchée d'un air inquiet sur Citrouille, qui gémissait. Yuna leva un visage grave vers son mari.

– Hum, je suis presque sûre qu'elle a une fracture, déclara-t-elle.

Et elle regarda Michael d'un air préoccupé.

Peter examina Citrouille à son tour et confirma son diagnostic.

– Je l'emmène chez le vétérinaire, proposa-t-il.

Il mit ses chaussures et prit ses clés sur le guéridon de l'entrée.

– Jeune homme, ta mère et moi, nous allons avoir une sérieuse discussion avec toi à mon retour. Je veux savoir très exactement ce qui s'est passé.

Michael fixa son père sans remords ni culpabilité. Son visage n'exprimait que de la colère.

– En attendant, tu vas présenter tes excuses à Dayo et à Citrouille, ajouta Peter.

Michael tourna les talons, fila se réfugier auprès de sa mère et s'agrippa à ses jambes en éclatant en sanglots.

– Maman, tout le monde me crie dessus ! Dis-leur d'arrêter !

La petite chienne continuait à gémir de douleur.

Yuna secoua la tête d'un air impuissant et fit signe aux autres de partir. En observant son frère, Harper fut choquée de voir un petit sourire flotter sur ses lèvres.

– Bon, direction la clinique vétérinaire, annonça Peter aux filles. Dayo, tu pourras appeler ta mère en route pour la prévenir.

Il ouvrit la porte et les poussa à l'extérieur. Harper eut le temps de voir Michael poser des yeux pleins d'adoration sur sa mère. Celle-ci, en revanche, paraissait très soucieuse.

Plusieurs heures plus tard, Peter déposait Dayo chez elle avec une Citrouille fraîchement plâtrée. Il discuta un moment avec Mme Clayton tandis que les filles transportaient la petite chienne à l'intérieur. Elle qui débordait toujours d'énergie, elle restait silencieuse, visiblement épuisée par l'épreuve. Sa patte avant droite était recouverte d'un plâtre bleu vif. Dayo et Harper la déposèrent dans son panier et s'agenouillèrent autour d'elle. Citrouille se coucha sur le côté en posant la tête sur les genoux de Dayo, et sa patte indemne sur la jambe de Harper.

– Je crois qu'elle essaie de te dire que tu ne dois pas t'en vouloir, traduisit Dayo avec un petit rire.

Harper caressa la fourrure soyeuse de la chienne en ravalant ses larmes.

– Je suis vraiment désolée, Citrouille, murmura-t-elle.

– C'est super sympa de la part de ton père de payer la facture de la clinique, reprit Dayo. Je suis sûre que ma grand-mère sera très touchée.

– C'est normal ! C'était notre faute ! Il ne serait rien arrivé à Citrouille si tu ne l'avais pas amenée chez nous. Mais je ne comprends pas comment Michael a pu lui faire ça.

– C'était forcément un accident, supposa Dayo en plissant le front. Ce n'est pas possible qu'il l'ait fait exprès.

Harper se mordit la lèvre. Le nœud qui lui serrait le ventre lui disait clairement que ce qui s'était passé n'avait rien d'un accident. Qu'arrivait-il donc à son frère ?

À cet instant, son père l'appela et elle se leva pour partir.

– Je viens te voir demain, promit-elle à son amie.

Elle lui fit signe de la main sur le pas de la porte avant de s'éloigner. Mme Clayton lui adressa son sourire habituel.

– Ne t'inquiète pas pour Citrouille, ma belle, lui dit-elle. Elle va se remettre très vite. Et surtout, viens nous voir quand tu veux. Je vous préparerai des cookies !

Autant de gentillesse ne fit qu'accentuer le sentiment de culpabilité de Harper. Elle la remercia avec un sourire en montant dans la voiture de son père. Soudain, Dayo s'écria :

– Attends !

Elle s'éloigna en courant, revient au bout d'une minute et lui tendit une petite bouteille en plastique pleine d'eau.

– Je l'ai remplie ce matin à Notre-Dame-de-la-Miséricorde. C'est de l'eau bénite, pour te protéger ! murmura-t-elle.

Puis elle serra Harper contre elle en se penchant à l'intérieur de la voiture par la vitre ouverte, avant de rentrer chez elle.

Peter garda le silence sur tout le chemin du retour. Mais une fois garé devant leur maison, il retint sa fille pour lui demander :

– Est-ce que tu penses que Michael a volontairement fait du mal à Citrouille ?

Elle passa une main dans ses cheveux, mal à l'aise. Puis, au bout de quelques instants, elle se décida à acquiescer d'un signe de la tête. C'était dur d'admettre que son adorable petit frère était capable de commettre une chose pareille.

Son père se laissa aller contre son dossier, l'air vaincu.

– Je ne comprends pas ce qui lui arrive, dit-il. Comme il est encore petit et adaptable, je pensais qu'il ne souffrirait pas trop du déménagement. Mais on dirait qu'il a changé du tout au tout. Comme si quelqu'un avait remplacé notre gentil petit Mikey par un parfait inconnu.

Ces paroles ravivèrent le souvenir du garçon inquiétant aux yeux sombres que Harper avait vu dans la chambre de son frère quand elle s'était fait attaquer par le camion de pompiers. Cette pensée suffit à lui donner la chair de poule. Mais il n'était pas réel. Impossible. Les fantômes n'existaient pas…

Un autre souvenir surgit alors dans son esprit.

« Elle n'est pas réelle, Harper ! Rose n'est pas réelle ! »

C'était la voix de Kelly qui criait.

– Rose, murmura-t-elle.

– Qu'est-ce que tu dis ? lui demanda son père.

Harper se mordit la lèvre et secoua la tête.

– Tu as parlé de « Rose » ?

Elle ne répondit pas.

– C'était le nom de ton amie imaginaire, autrefois, dit-il prudemment. Tu n'en avais pas parlé depuis...

Il n'acheva pas sa phrase, mais elle comprit qu'il avait voulu dire : « Depuis Briarly. »

– Mon amie imaginaire... répéta-t-elle, pensive.

– Elle t'apportait beaucoup de joie. Mais n'en parle pas devant ta mère. Elle a toujours désapprouvé.

« Évidemment », songea Harper.

– Qu'est-ce qui t'a fait penser à elle ? questionna-t-il.

Elle haussa les épaules.

– Je ne sais pas.

Elle regarda longuement son père, consciente de son air préoccupé. Qu'aurait-elle pu lui répondre qui ne soit pas totalement ridicule ? « Papa, je pense que Michael est possédé par son ami imaginaire, qui pourrait bien être un fantôme malfaisant » ?

– Ne t'en fais pas pour moi, papa, lui dit-elle en souriant doucement. Pour l'instant, tu dois t'occuper de Michael. Moi aussi, je m'inquiète pour lui.

Et, ouvrant la portière, elle s'élança vers la maison sans écouter son père qui la rappelait.

LE JOURNAL DÉBILE DE HARPER À WASHINGTON

NOTE N⁰ 11

Des trucs que je déteste :

1. Ne pas savoir faire la différence entre le vrai et le faux.

2. Le souvenir de Rose a réveillé un autre souvenir. Mais il est tellement dur à croire que ça ne peut pas être réel.

J'ai cinq ans et je suis assise dans le salon avec Kelly et ma baby-sitter. Kelly regarde la télé pendant que la baby-sitter parle au téléphone. Il y a du raisin dans une assiette sur la table basse, mais je n'en ai pas envie. Ce que je veux, c'est du chocolat. Et je sais où le trouver. Ma mère en remplit toujours une jolie coupelle posée sur le guéridon de l'entrée.

Ni Kelly ni la baby-sitter ne font attention à moi. Toute fière de mon idée, je me lève du canapé et file dans le couloir. Un tas de paquets ont été livrés dans la journée. Comme ils ne sont pas lourds, je les pousse jusqu'au guéridon, je les empile soigneusement et j'entreprends d'escalader ma tour un peu branlante. Mais quand j'arrive à hauteur du miroir, j'ai totalement oublié le chocolat. Car dans le miroir au-dessus de la coupelle, je vois une fille qui me sourit. Elle a des boucles rousses et des yeux bleu clair, dans un visage extrêmement pâle. Elle me salue silencieusement en agitant la main. Je me penche pour la toucher, mais je sens le carton glisser sous mes pieds. Et, en tombant, je vois la fille du miroir prendre un air horrifié. Mais avant d'avoir pu m'écraser sur le carrelage, je suis rattrapée par ce qui ressemble à un coussin d'air. Comme si j'étais portée par le vent. Je suis prise dans l'étreinte fantomatique de la fille rousse.

- Je m'appelle Rose, m'annonce-t-elle. Et toi, tu es Harper.

Je suis excitée comme une puce.

- Tu es mon amie?

Elle hoche gravement la tête.

- Pour toujours. Mais n'en parle à personne. Ce sera notre secret.

Est-ce un souvenir, un rêve, ou mon imagination qui me joue des tours? Je ne sais pas quoi penser. Rose était-elle réelle ou imaginaire? Ou bien était-elle un fantôme?

12

WILLIAM BELLAIR

Le huitième jour - Lundi au petit matin

Debout dans l'entrée, Harper fixait intensément le miroir en se demandant si elle allait finir par y découvrir un visage en train de l'observer. Au bout de dix minutes, elle s'avoua vaincue et s'assit sur le banc.

– Les fantômes, ça n'existe pas, déclara-t-elle avec un soupir.

C'est alors qu'un curieux reflet scintilla dans le miroir. Elle le regarda, intriguée. L'image qu'il reflétait était légèrement déformée, comme sous l'effet d'une onde de chaleur. Hypnotisée, plongée dans une espèce de transe, Harper continua à suivre ce mouvement ondulant jusqu'à ce qu'elle se sente irrésistiblement attirée à l'intérieur du miroir, comme si elle y tombait.

Harper se retrouva dans un état proche du rêve. Elle se tenait dehors et fixait une version toute blanche et encore neuve de sa maison.

Elle entendait des garçons qui s'amusaient dans le jardin. Se laissant guider par leurs voix, elle tomba sur les deux garçons de son rêve précédent en train de jouer au ballon. L'aîné, William, arrachait la balle des mains du petit Jonathan et shootait dedans pour l'envoyer au loin. Jonathan courait le récupérer. Peu à peu, il se rapprochait d'une partie du jardin entourée d'un grillage. Finalement, William écarta le grillage et s'avança vers ce qui ressemblait à un puits bouché, condamné par des planches. Il monta dessus pour regarder à l'intérieur. Certaines planches ne tenaient plus en place, et il n'eut qu'à soulever pour en retirer deux.

– Maman a dit qu'on ne devait pas aller là, lui signala son petit frère.

– Mais il y a un petit chaton qui est tombé au fond et qui a besoin de nous. Tu ne l'entends pas pleurer ?

– Oh, le pauvre ! s'exclama Jonathan.

Devinant ce qui allait se passer, Harper voulut se précipiter. Mais elle ne pouvait rien faire. Impuissante, elle regarda Jonathan rejoindre William en courant. Alors qu'il s'approchait de la margelle, William le fit basculer dans le puits. À la dernière seconde, Jonathan se rattrapa à un tuyau qui traversait l'ouverture.

– À l'aide ! William, aide-moi ! Je glisse !

– Eh ben ne te gêne pas pour moi ! lui cria son frère.

Et il lui marcha sur la main. Jonathan poussa un cri de douleur, mais tint bon. Brusquement, les planches cédèrent sous le poids de William, qui tomba. Leur mère arriva, affolée, une main plaquée sur sa bouche pour étouffer un cri. Prudemment, elle rampa sur les planches et parvint à ramener Jonathan en lieu sûr. Tout en serrant contre elle son petit garçon hystérique, elle gardait les yeux au fond du puits où gisait le corps brisé de William, dont les yeux grands ouverts ne voyaient plus rien.

– Oh, William... murmura-t-elle.

Elle prit dans ses bras son petit garçon en larmes et courut chercher de l'aide chez les voisins.

Harper resta figée devant le puits, les yeux rivés sur le corps du jeune mort. Soudain, avec un cri assourdissant, celui-ci tendit vivement le bras pour l'attraper. Son visage n'était que rage, un masque de haine pure. Ses mains repliées telles des griffes serrèrent le cou de Harper en l'attirant vers le fond. Et elle tomba, sans fin, en hurlant.

La sensation de chute était si violente qu'elle tira Harper de sa transe. Toujours assise sur le banc de l'entrée, elle était en nage.

Harper passa la matinée dans sa chambre, à ne rien faire, ou plutôt à essayer de se remettre de sa vision. Après le déjeuner, elle se rendit chez Dayo. Elle emporta une boîte de chocolats et un sachet de friandises pour Citrouille que lui avait donnés sa mère. Celle-ci avait proposé de la conduire en voiture, mais Harper n'avait pas voulu l'attendre. Elle ressentait le besoin de sortir de cette maison le plus vite possible. Après avoir assuré à sa mère qu'elle allait très bien, elle partit à pied.

Mme Clayton vint lui ouvrir avec un grand sourire.

– Tu arrives juste au bon moment pour tester ma nouvelle recette de cookies, l'informa-t-elle.

Harper huma l'air.

– Hmm ! Ça sent toujours si bon chez vous !

Dayo descendit l'escalier avec Citrouille dans les bras. La queue de la petite chienne se mit à remuer dès qu'elle aperçut Harper.

– Ooooh, des chocolats ! fit Dayo. Je peux en manger un tout de suite ?

– Plus tard, l'arrêta sa mère. Venez plutôt goûter mes cookies marshmallow-sucre brun-gingembre, et dites-moi ce que vous en pensez.

– Ce n'est pas ceux que je préfère, souffla Dayo à Harper avec une grimace.

– J'ai entendu ! lança sa mère depuis la cuisine.

Dayo gloussa gentiment.

– Alors, quoi de neuf ? Ça va ?

Harper soupira.

– Dis-moi, est-ce que tu crois vraiment aux fantômes ?

Son amie hocha vigoureusement la tête.

– Évidemment ! Pourquoi je n'y croirais pas ? Quand les gens meurent, ils n'arrivent pas tous là où ils sont censés aller. Il y en a qui restent coincés, et d'autres qui ne veulent pas partir. En tout cas, c'est ce que dit ma grand-mère.

Brusquement, elle se tourna vers Harper en écarquillant les yeux.

– Pourquoi tu me demandes ça ? Tu as vu quelque chose ?

Elles se dirigèrent vers la table de la salle à manger, que Mme Clayton avait garnie d'une assiette de cookies et de deux grandes tasses de thé au lait et au miel. Dayo posa Citrouille par terre et s'assit, attendant avec impatience que sa mère quitte la pièce pour qu'elles puissent discuter tranquillement.

Harper sentit quelque chose de tiède et d'humide lui effleurer la jambe et baissa les yeux. C'était Citrouille qui lui faisait des yeux de cocker, assise à ses pieds.

– Ah, Citrouille ! lui dit-elle. Je suis vraiment contente de voir que tu vas mieux.

Et elle se pencha pour la caresser.

– Oui, confirma Mme Clayton. Elle a beaucoup dormi, ça l'a bien aidée à récupérer. Mais ne lui donne pas de cookies, s'il te plaît. Elle mange bien trop de sucre ces derniers temps. Et maintenant qu'elle a un plâtre, les gens vont avoir encore plus pitié d'elle.

Et en effet, Harper s'aperçut que c'était dur de ne pas fondre devant la mimique de la chienne.

– Désolée, Citrouille, s'excusa-t-elle, mais c'est pour ton bien !

Elle mordit dans son cookie et fit part de son approbation à Mme Clayton en levant les deux pouces.

Dayo, n'y tenant plus, lâcha un grognement irrité.

– M'man, si tu retournais à la cuisine ? On voudrait bien se parler, toutes les deux.

Sa mère leva les yeux au ciel et disparut.

Bouillant d'impatience, sa fille tambourinait des doigts sur la table.

– Alors ? Dis-moi ce que tu as vu !!

Harper acheva d'engloutir son deuxième cookie avec une grande lampée de thé avant de lui répondre :

– Tu te souviens quand tu m'as parlé des familles qui avaient vécu dans ma maison avant nous ? Tu as mentionné un certain William qui a eu une mort tragique…

Dayo confirma d'un hochement de tête.

– Ça va te paraître dingue, poursuivit Harper, mais je crois que j'ai des visions de lui dans la maison.

– Comment peux-tu être sûre que c'est le même William ?

– Parce que les images que je vois datent de la même époque. Et j'ai vu comment il était mort…

Dayo resta bouche bée de surprise, tandis que Harper se lançait dans le récit de sa vision. Quand elle eut fini, son amie se leva d'un bond.

– Attends-moi. J'en ai pour une seconde.

Harper patienta en grignotant des cookies. Dayo revint peu après avec son ordinateur.

– On va vérifier les faits.

Elle navigua sur Internet quelques minutes avant de s'exclamer :

– C'est du délire !

– Quoi ?

Dayo tourna l'écran dans sa direction et Harper lut le paragraphe qu'elle lui désignait. Elle aussi fut sous le choc.

> En 1925, la maison devint la propriété de la famille Bellair, qui connut une terrible tragédie lorsque le fils aîné, William, perdit la vie dans un accident. Il était alors âgé de huit ans. William et son frère cadet Jonathan jouaient sur un puits bouché lorsque les planches cédèrent, et que William tomba dans le puits.

Les filles échangèrent un regard stupéfait.

– Harper, si William Bellair t'apparaît dans des visions, ça veut dire que ta maison est *vraiment* hantée.

Les deux amies frissonnèrent de concert.

De nouveau, Dayo se leva et courut à la cuisine, dont elle revint cette fois avec une grande bouteille en plastique vide.

– Il te faut plus d'eau bénite, déclara-t-elle d'un ton ferme.

– Tu crois vraiment que ça peut aider ?

– C'est sûr ! Ça te protégera avant que les choses ne puissent empirer.

En songeant à Michael, Harper se demanda s'il n'était pas déjà trop tard.

LE JOURNAL DÉBILE DE HARPER À WASHINGTON

NOTE N° 12

Des trucs que je déteste :

1. Les menteurs.

2. Ce vieux camion de pompiers rouge.

3. Les monstres.

Je me suis réveillée au milieu de la nuit parce qu'il faisait un froid de canard dans ma chambre.

La première chose que j'ai remarquée, c'est que ma porte était ouverte et que mes clochettes et la pochette offertes par mamie Lee étaient tombées par terre. Je me suis vite levée pour refermer, mais j'ai senti que je n'étais pas seule.

Dans le coin opposé de ma chambre, j'ai distingué une silhouette recroquevillée.

- Mikey ? C'est toi ?

Pas de réponse.

J'ai voulu allumer ma lampe de chevet, mais l'ampoule a grillé avec un petit claquement quand j'ai appuyé sur l'interrupteur.

Puis, tout à coup, je me suis rendu compte que la personne qui était là, quelle qu'elle soit, n'était pas mon frère. J'ai commencé à reculer lentement en voyant la silhouette se déplier, de plus en plus grande. Elle gardait la tête baissée, mais son corps s'est mis à grandir en s'étirant, et s'est élevé au-dessus de moi jusqu'à ce que je me retrouve face à un monstre. Sa tête était celle d'un cadavre décomposé. Des insectes entraient et sortaient des trous qui perçaient sa chair ravagée. La créature a tendu vers moi ses longs doigts à l'allure de griffes.

En hurlant, je me suis jetée sur la poignée de la porte que j'ai secouée frénétiquement, mais sans parvenir à l'ouvrir. La créature continuait à grandir, à grandir, ses bras s'allongeaient toujours plus vers moi tandis que sa tête grossissait et se pliait peu à peu, bloquée par le plafond. Je martelais la porte de toutes mes forces. Je voyais descendre vers moi des griffes aiguisées comme des lames de rasoir, leurs pointes m'effleuraient...

- Harper...

La voix du monstre était grinçante et très vieille.

Ma terreur était si grande que j'avais la nausée. Mon cœur battait à exploser. J'ai recommencé à m'acharner sur la poignée, mais elle ne bougeait toujours pas. Soudain, à mes pieds, j'ai vu ma pochette porte-bonheur. Vite, je l'ai ramassée pour la jeter au visage du monstre. Un cri à glacer le sang a envahi ma chambre et je me suis laissée tomber par terre en couvrant mon visage avec mes bras.

Quand j'ai enfin relevé la tête, j'étais seule. Réel ou non ? J'étais incapable de dire si ce que je venais de vivre était un rêve ou la réalité. Mais, éparpillés sur le parquet, échappés de la pochette, il y avait du sel, une tige de fenouil et des aiguilles de sapin.

13

LE SOUS-SOL

Le huitième jour - Lundi à midi

Harper entendit sa mère les appeler pour le déjeuner. Elle ne fut pas étonnée de trouver de la pizza que Yuna avait déposée sur la table avant de retourner travailler dans son bureau. C'était de la pizza industrielle, qui ressemblait plus à du carton à la sauce tomate qu'à de la vraie pizza new-yorkaise. Même l'odeur ne donnait pas envie. Harper pensa avec regret aux délicieux arômes de cuisine maison qui flottaient toujours chez Dayo. Même si ses parents faisaient rarement la cuisine, au moins, quand ils habitaient à New York, ils trouvaient facilement toutes sortes de bonnes choses à manger, pas comme ici, à Washington.

Elle se tourna vers Michael. Son camion de pompiers cabossé était posé sur la table à côté de lui. Yuna avait dû le nettoyer et le lui rendre. Il mangeait sa pizza comme un robot, sans quitter le jouet des yeux.

Harper fut submergée par une vague de nostalgie qui, s'ajoutant aux cauchemars, aux accidents et au changement de comportement de son frère, lui fit monter les larmes aux yeux.

– Je déteste la vie ici, murmura-t-elle.

Kelly, qui regardait sa part de pizza détrempée avec dédain, la laissa retomber dans son assiette d'un air dégoûté.

– Il faut absolument qu'on déniche une pizzeria digne de ce nom dans cette ville, déclara-t-elle.

En relevant la tête, elle vit Harper qui essuyait ses larmes.

– Hé, beignet cannibale, lui dit-elle. Si on essayait de trouver un Krispy Kreme[1] cet après-midi ? Il paraît qu'il y en a un à Washington où on peut voir les beignets se faire couvrir de glaçage en avançant sur un tapis roulant.

Surprise, Harper cligna les yeux et sécha ses larmes.

– Et tu m'emmènerais ?

– Pourquoi pas ? De toute façon, j'ai besoin de faire un break. On pourrait tourner un peu dans le coin, explorer les environs. Il y a forcément moyen de trouver meilleur que ce truc-là.

---

1. *Chaîne de cafétérias spécialisée dans les beignets.*

– Ce serait top ! s'exclama Harper, ravie. On pourrait aussi trouver l'adresse de mamie et aller la voir !

Kelly tourna vivement la tête pour vérifier que leur mère n'était pas à proximité, puis fixa sa sœur avec un doigt sur ses lèvres.

– Chut ! Qu'est-ce qui te prend ? Ça va pas ? Si tu énerves maman, elle ne voudra plus me prêter sa voiture !

Sa réaction assombrit un peu l'humeur de sa sœur.

– Écoute, reprit Kelly, moi aussi, j'ai envie de voir mamie. Mais maman ne veut pas que je m'éloigne trop en voiture tant que je ne connais pas bien Washington, et mamie habite en dehors de la ville.

– Pardon, je suis désolée, dit Harper, sachant que sa sœur avait raison. Mais on peut quand même aller à la recherche d'un Krispy Kreme, hein ?

Elle se tourna vers Michael, qui aimait les beignets au moins autant qu'elle.

– Hé ho, frangin, y'a quelqu'un ? Kelly va nous emmener chercher des beignets, lui dit-elle en lui donnant un petit coup de coude.

Tout ce qu'elle voulait, c'était voir le Michael familier réagir comme à son habitude. Au lieu de ça, il lui frappa la main en la foudroyant du regard.

– Je ne vais nulle part avec deux niquedouilles comme vous, gronda-t-il.

– Comment tu m'as appelée, sale mioche ? riposta Kelly.

– Dégage, grosse vache !

– Hé, sale petit crétin ! Y'en a marre de toi !

– Je te hais ! cracha Michael.

Kelly bondit de sa chaise pour se jeter sur son frère, qui se mit aussitôt à hurler :

– Maman ! À l'aide ! Elle veut me frapper !

Kelly recula tandis que Yuna sortait de son bureau.

– Qu'est-ce qui se passe ici ?

Michael se précipita vers elle pour qu'elle le porte.

– Elles sont super méchantes avec moi, geignit-il, à l'abri dans les bras de sa mère. Elles ont dit qu'elles allaient me taper !

– Laisse tomber ! Puisque c'est comme ça, je ne vais plus nulle part, lança Kelly en sortant de la pièce comme un ouragan.

Harper était déçue de voir la mauvaise humeur de Kelly revenir au galop, mais elle était encore plus perturbée par la conduite de son frère.

– Maman, j'aime pas Kelly, reprit celui-ci. Elle est méchante. Je ne veux pas que tu partes avec elle !

– Je ne sors pas aujourd'hui, j'ai trop de travail, répondit sa mère. Harper, tu peux emmener ton frère à la bibliothèque ? Il y a une heure du conte cet après-midi.

– Non, non ! hurla Michael. J'irai pas ! Tu peux pas m'obliger !

– Michael, arrête tout de suite ou tu vas aller te calmer dans ta chambre.

Là-dessus, il se mit à frapper sa mère au visage et à la poitrine. Sous le choc, elle le lâcha. Sur quoi il se jeta par terre et se mit à se cogner la tête sur le carrelage.

– Arrête ! cria sa mère en essayant de le relever.

Mais il lui donna un coup de pied et continua.

– Harper, va chercher ton père ! la pressa Yuna. Il est au sous-sol avec l'entrepreneur.

Harper hésita. Le sous-sol était le seul endroit de la maison où elle ne s'était pas encore aventurée. Si le grenier était effrayant, l'idée du sous-sol l'était encore plus. Si on s'y faisait enfermer à clé, impossible d'en ressortir.

– Dépêche-toi, Harper !

Avec un gros soupir, Harper se dirigea vers le fond de la maison, où se trouvait l'accès au sous-sol. La porte était restée légèrement entrouverte. Elle risqua un coup d'œil dans l'escalier en planches, et ne perçut que des coups de marteau et des bruits de perceuse. La main serrée sur la rampe, elle commença à descendre prudemment les marches, et entendit la porte se refermer derrière elle. Plus elle descendait, plus la lumière était vive. Arrivée en bas, elle découvrit que les ouvriers avaient installé de gros projecteurs au fond de la pièce pour travailler plus facilement. L'un d'eux était occupé à fixer des poutres en bois tandis qu'un autre maniait une perceuse. Harper repéra son père qui discutait avec un homme tout en étudiant un plan.

– Papa ! lui cria-t-elle. Maman a besoin de toi tout de suite !

Mais il y avait trop de bruit pour qu'il l'entende. À contrecœur, elle s'avança pour lui taper sur l'épaule.

À cet instant, l'entrepreneur alla rejoindre les ouvriers, qui interrompirent ce qu'ils faisaient. Harper accueillit le silence avec soulagement.

– Peter ! lança l'entrepreneur à son père. On s'arrête pour déjeuner, on revient dans une heure.

– Ça marche. Merci, les gars, fit Peter en roulant les plans. Qu'est-ce qu'il y a, ma puce ?

À ce moment, les ouvriers ouvrirent la porte et les hurlements de Michael leur parvinrent.

– Hé, Peter ! reprit l'entrepreneur. Tu devrais peut-être venir voir ! Je crois que ta femme a un problème !

– J'arrive. Excuse-moi, Harper, mais ça ne peut pas attendre ? Il faut que je remonte.

– C'est pour ça que je suis là ! protesta Harper. Maman a besoin de ton aide à cause de Michael. Ça presse !

Son père grimpa l'escalier à la vitesse de l'éclair. Harper voulut le suivre, mais alors qu'elle arrivait au bas des marches, la porte se referma en claquant et toutes les lumières s'éteignirent brusquement.

Il faisait noir comme dans un four dans le sous-sol, où régnait un silence sinistre. Harper n'entendait plus les cris de son frère. Les seuls sons qu'elle percevait étaient les battements de son cœur et sa respiration saccadée. Elle voulut avancer, mais la peur la paralysait. Collée contre le mur, elle rampa en tendant la main à la recherche de la première marche. Mais rien à faire, elle ne la trouvait pas. C'était absurde. Cette marche aurait dû être là. À croire qu'elle avait disparu.

À cet instant, le silence fut rompu par une sorte de murmure et le froid envahit la pièce. Harper laissa échapper un sanglot et ferma les yeux. Des murmures envahirent sa tête et elle se mit à claquer des dents.

Lorsqu'elle rouvrit les paupières, elle n'était plus dans le sous-sol. La lune brillait derrière les barreaux de la fenêtre, à la vitre couverte de fientes d'oiseau. Elle était de nouveau dans l'horrible chambre d'hôpital jaune de son cauchemar. Briarly. Puis les voix s'élevèrent.

« Dahlia se prend pour une sorcière. Elle est trop bizarre. Elle a essayé de jeter un sort à quelqu'un. Même ses propres parents ne l'aiment pas. Ils l'ont chassée pour toujours. Alors elle s'est tuée... »

« Dahlia est morte... Dahlia morte. Dahlia morte. »

« Morte morte morte morte morte... »

Harper fonça vers la porte, mais elle était bloquée.

Un froid glacial avait empli la chambre et l'haleine de Harper formait des petits nuages de vapeur. Soudain, elle cessa de crier. Elle n'était plus seule.

Elle ne voulait pas regarder, mais ce fut plus fort qu'elle. Au pied du lit se tenait une silhouette. Ses longs cheveux bruns pendaient comme un chiffon sale le long de son cou et elle portait l'uniforme bleu délavé de tous les patients de Briarly. Mais le sien était couvert de taches sombres qui ne pouvaient être que du sang.

Et, pire que tout le reste, elle avait le cou brisé. La tête penchée à angle droit sur le côté, la bouche ouverte, Dahlia fixait Harper avec des yeux d'un jaune fiévreux.

« Personne ne t'aime. Personne ne se soucie de toi. Ta propre mère te déteste. »

Harper ferma les yeux en serrant les paupières de toutes ses forces, mais elle ne pouvait pas faire taire cette voix.

« Ta mère croit que tu es folle. Elle ne veut plus de toi. Elle veut que tu restes ici. Tu ne rentreras jamais chez toi. »

Dans la tête de Harper surgit une image de Yuna, pleine de colère et d'amertume. Les paroles sortaient maintenant de sa bouche.

« J'aurais voulu que tu ne sois jamais née. Notre famille serait parfaite sans toi. »

Harper était suffoquée par les sanglots.

– Ne dis pas ça, maman, l'implora-t-elle.

« Tu n'as jamais cessé de me décevoir. »

Harper secoua énergiquement la tête.

– Non ! Tu n'es pas réelle ! Je ne te crois pas.

L'image de sa mère continuait à proférer des horreurs.

« Je ne t'ai jamais aimée. »

Elle n'aurait jamais dit une chose pareille, si ?

« Personne ne t'aime. Personne ne se soucie de toi. »

– Mon père m'aime, murmura Harper.

La voix sembla hésiter, avant de reprendre :

« Ton père est parti. Tu ne comptes pas pour lui. Il ne veut plus te voir. Il s'est enfui. Il nous a abandonnés. Il est parti à cause de toi. »

Harper ouvrit les yeux et jeta un regard noir à Dahlia.

– Jamais de la vie ! cria-t-elle. Et tu n'es pas ma mère ! C'est de toi que tu parles, Dahlia, pas de moi. C'est *ta* mère qui t'a laissée ici. Et c'est *ton* père qui est parti. Pas le mien. Peut-être que personne ne t'aimait, Dahlia, mais *moi*, mes parents m'aiment !

Les murmures cessèrent. Mais tout de suite après, Dahlia ressurgit en hurlant. Son visage penché était si déformé par la rage qu'il n'avait plus grand-chose d'humain. Elle fondit sur Harper et la projeta à travers la pièce comme une poupée de chiffon. Gisant par terre à moitié assommée, celle-ci vit Dahlia escalader le mur comme une araignée et redescendre en fonçant sur elle comme une flèche. Un étau lui enserra la nuque, l'emporta dans les airs et la fracassa contre le plafond. Dahlia l'y maintint suspendue pendant de longues secondes avant de la lâcher. Harper alla s'écraser par terre. Instinctivement, elle tendit les bras, qui reçurent presque tout l'impact du choc, et une douleur intolérable se répercuta dans tout son corps. Sa joue rebondit violemment par terre.

Elle hurla, mais son cri lui parvint comme affaibli par la distance. Son père était là, qui la serrait contre lui en lui répétant que tout allait bien et en lui demandant pardon de l'avoir laissée seule. Elle crut d'abord qu'il parlait de Briarly, avant de réaliser où elle se trouvait. Ce n'avait été qu'un rêve, ou plutôt un souvenir. En réalité, Harper n'avait pas quitté le sous-sol. Elle n'était pas blessée. Elle était en sécurité. Et elle savait enfin ce qui lui était arrivé lors de son séjour à Briarly.

LE JOURNAL DÉBILE DE HARPER À WASHINGTON

NOTE N° 13

Un truc que je déteste :

1. Le sous-sol.

14

DES SOUVENIRS

Le huitième jour - Lundi soir

Harper était assise sur le banc de l'entrée, les yeux sur le miroir. Depuis la vision terrifiante du monstre, en plus d'avoir peur dans sa chambre, elle n'était pas sûre de vouloir remettre un jour les pieds dans le sous-sol. L'entrée était désormais le seul endroit de la maison où elle se sentait en sécurité.

Après être revenu au sous-sol, son père l'avait portée jusqu'au rez-de-chaussée, en pleine crise de nerfs. Yuna avait reproché à son mari de l'avoir laissée dans le noir, mais ni l'un ni l'autre ne se doutait de la gravité de la situation. Harper ne voulait pas leur en parler. Qu'aurait-elle pu dire ? Qu'elle s'était souvenue de ce qui s'était passé à Briarly ? Que les fantômes existaient pour de vrai et que l'un d'eux essayait de la tuer ? Si elle leur racontait cela, en particulier à sa mère, celle-ci était capable de la renvoyer à l'hôpital.

Sa poitrine était en feu et elle respirait trop vite. Elle replia les bras sur son torse, tentant de se calmer. La migraine montait. Des voix murmuraient tout autour d'elle. Harper ferma les paupières et se couvrit les oreilles, mais les voix s'élevaient à l'intérieur de sa tête.

« Viens jouer avec moi, tu seras ma meilleure amie ! »

« On sera amies pour toujours ! »

Il y avait tant de voix qu'elle n'arrivait pas à les différencier.

« Je me sentais si seule ! »

« Reste avec moi ! »

« Ne les écoute pas. C'est moi, ton amie ! »

Les rayons de lune se déversaient par les vitres étroites qui encadraient la porte d'entrée. Des reflets qui dansaient à la surface du miroir attirèrent son regard. Ces petites étincelles de couleurs vives l'hypnotisaient. Elles étaient apaisantes et éloignaient presque toutes les voix, sauf une.

« Harper ! Je suis là. »

Elle connaissait cette voix. Une voix si familière ! Une voix chaleureuse. Elle l'avait aimée, autrefois. Des souvenirs flottaient en bordure de sa conscience.

« Je suis là, Harper ! Ouvre les yeux et vois avec ton cœur ! »

Elle sentit le souffle de quelqu'un qui lui parlait à l'oreille, sursauta et se colla contre le mur. Il n'y avait personne, et pourtant, la voix était toute proche.

« Ouvre les yeux ! »

C'était un cri, cette fois. Il résonna aux oreilles de Harper assez fort pour les faire tinter douloureusement. Elle les couvrit de ses mains, secouée par de violents frissons. Puis, alors qu'elle pensait ne plus pouvoir supporter la douleur, elle fut aveuglée par un éclair de lumière éblouissant. Elle ne voyait plus rien qu'une grande surface blanche.

Soudain, une avalanche d'images envahit son cerveau, si rapide, si bouillonnante qu'elle ne put en dégager aucun sens.

Tout lui revenait en bloc. Les souvenirs la précipitaient soudain dans un passé qu'elle revivait avec une précision effrayante. Les scènes défilèrent à l'envers, jusqu'à cette séquence dans l'entrée alors qu'elle avait cinq ans. Celle de sa rencontre avec Rose.

Harper ouvrit les yeux, se redressa, alla se camper devant le miroir dans le noir et fixa son reflet. Maintenant, tout était clair. Elle avait enfin trouvé la pièce manquante du puzzle de ses souvenirs.

– Rose, murmura-t-elle. Je me souviens de toi. Je me souviens de tout.

Et à cet instant, tout comme la première fois, la fille du miroir apparut.

JOURNAL DÉBILE DE HARPER À WASHINGTON

NOTE N° 14

Un truc que je déteste :

1. Avoir passé tout ce temps loin de Rose.

Maintenant que je commence à me rappeler, certains souvenirs me reviennent avec une grande précision. Comme le jour où mamie Lee nous a apporté le miroir alors que j'avais cinq ans.

« C'est pour Harper », a-t-elle précisé.

J'étais super pressée de l'accrocher dans ma chambre, mais mes parents m'ont expliqué qu'il était trop grand et qu'il devait rester dans l'entrée.

Et bien sûr, après que j'ai fait la connaissance de Rose, le miroir est devenu mon objet préféré au monde. Je me rappelle qu'en regardant *Blanche-Neige et les sept nains*, j'ai trouvé que la reine avait un mauvais miroir. Le mien fonctionnait beaucoup mieux. Et il était plus marrant, en plus.

Je n'aimais rien tant que jouer à cache-cache avec Rose, même si les chances pouvaient paraître inégales. C'est vrai, c'est tellement facile de se cacher pour un fantôme ! Mais Rose semait toujours des indices. Par exemple, si elle se cachait derrière les rideaux, elle scintillait pour que je voie des étincelles autour de la fenêtre. Si elle était dans l'armoire, des petits points de lumière dansaient dans l'air devant la porte. La nuit, on se blottissait toutes les deux dans mon lit et on lisait des livres sous les couvertures avec une lampe de poche. C'était la meilleure amie que j'avais jamais eue. La seule chose qu'elle ne pouvait pas faire, c'était sortir de la maison. Elle pouvait seulement se déplacer dans le bâtiment dans lequel se trouvait le miroir.

Un jour, j'ai demandé à Rose comment elle était arrivée dans notre miroir, et elle m'a raconté comment elle était morte et s'y était trouvée piégée. Son histoire m'a fait pleurer.

À l'âge de quinze ans, elle avait attrapé la tuberculose. À l'époque, cette maladie était presque toujours fatale.

Comme le soleil lui faisait mal aux yeux, sa mère avait fait poser de lourds rideaux aux fenêtres de sa chambre pour bloquer la lumière. Cette chambre était une tombe, seulement éclairée par la petite flamme d'une chandelle qui se reflétait dans le miroir, ce même miroir accroché aujourd'hui dans notre entrée. Quand Rose ne se sentait pas trop mal, sa mère l'asseyait devant la glace et lui brossait les cheveux en lui disant combien elle était jolie, et qu'elle ne pouvait pas vivre sans elle.

Le jour de la mort de Rose, son esprit resta prisonnier dans ce monde. Sa mère, inconsolable, ne rouvrit pas les rideaux. L'esprit de Rose n'avait plus de lumière pour le guider. Alors, en flottant, elle entra dans le miroir, là où les petites lumières vacillantes des bougies étaient les plus vives. Une fois à l'intérieur, elle demeura liée au miroir, incapable de s'en éloigner très longtemps, contrainte de le suivre partout.

Malheureusement, sa mère ne se regardait plus jamais dedans. Mais même si elle l'avait fait, Rose n'était pas sûre qu'elle l'y aurait vue.

J'ai promis à Rose que je la chercherais toujours dans le miroir. Même après la perte de mes souvenirs, j'étais restée très attachée à cet objet, tellement elle comptait pour moi. Elle m'avait manqué alors même que je l'avais oubliée.

15

L'AURA DE HARPER

Le huitième jour - Lundi soir, suite

– Harper ! J'étais tellement inquiète ! J'ai cru que tu ne te souviendrais jamais de moi !

Rose jaillit du miroir et serra Harper dans une étreinte spectrale, qui lui donna la sensation d'être coincée entre deux nuages.

L'élan d'amour qui envahit Harper la fit rire de joie.

– Tu m'as horriblement manqué, et je ne le savais même pas ! lui répondit-elle.

– Et moi, comment crois-tu que je me sentais ? dit Rose. Je te voyais tous les jours, mais impossible de te parler ! C'était comme si j'étais retombée dans les jours sombres.

Harper hocha la tête gravement. Elle savait que les jours sombres correspondaient pour Rose à la période d'avant leur rencontre. Entre le jour de sa mort et celui où Harper l'avait sauvée, elle n'avait jamais quitté le miroir.

– Je ne savais pas comment t'aider, avoua Rose en réprimant un sanglot. Le mal habite cette maison. J'ai mené mon enquête, et appris beaucoup de choses. Ensuite, j'ai fait ce que j'ai pu pour te les transmettre.

Harper en resta bouche bée.

– Tu veux dire que c'est toi qui m'as donné ces visions sur William et sur la maison ?

Rose acquiesça d'un hochement de tête.

– Ce sont de vieux souvenirs profondément enracinés dans la maison. Quand tu dormais, ou simplement quand tu rêvais éveillée, je voyais un peu plus clairement ton aura, et ça me permettait de les partager avec toi.

– Qu'est-ce que c'est, une aura ?

– C'est un champ énergétique qui entoure chaque créature vivante. Une sorte d'appel magnétique qu'on envoie à tous les êtres spirituels qui se trouvent dans notre entourage. La tienne était d'un blanc argenté étincelant jusqu'à ton accident. Depuis, elle est devenue beaucoup plus terne, d'un bleu pâle un peu éteint.

– Mon aura, murmura Harper. C'est à cause d'elle que je peux voir les fantômes ?

– Non. Mais comme elle est très brillante, elle les attire, comme une flamme attire les papillons de nuit. Elle est si forte que, quand on est auprès de toi, on a presque l'impression de revenir à la vie. Ta capacité à voir les fantômes et à leur parler vient d'ailleurs.

– D'où, alors ?

– Je ne sais pas, avoua Rose en haussant les épaules. Mais c'est un don très rare.

Harper pensa à Dahlia et frissonna.

– Je ne comprends pas. Pourquoi veulent-ils me faire du mal ?

– Certains esprits sont doux et ne s'en prendraient jamais aux vivants. Mais il y en a aussi qui sont malheureux, ou tout simplement méchants. Ceux-là vont chercher à te faire du mal ou, pire, à s'emparer de ton corps pour revivre. C'est pour cela que tu ne dois surtout pas les laisser pénétrer dans ton esprit. C'est trop dangereux.

Les paroles de Rose réveillèrent un nouveau souvenir de la fille blonde aux cheveux électriques et aux yeux gris.

– L'incendie au collège, bredouilla-t-elle, sous le choc. Ma mère avait raison. C'était ma faute ! C'est moi qui l'ai laissée entrer.

– Tu ne dois pas t'en vouloir, rectifia Rose. La responsable, c'était Maddie, la fille fantôme. Tu n'as jamais décidé de la laisser faire. Elle s'est emparée de ton corps et elle a allumé le feu. C'est la dernière chose que tu m'as dite avant d'être envoyée à Briarly. Et quand tu en es revenue, tu m'avais oubliée.

Harper savait maintenant comment l'incendie s'était déclenché. Elle était restée seule dans la salle de dessin pendant que le professeur allait faire cesser une bagarre dans le couloir. Pendant ces quelques minutes, Maddie l'avait terrorisée jusqu'à prendre le contrôle de son corps, et avait mis le feu à la salle. Et bien sûr, quand Harper avait été sortie de la pièce en flammes, elle s'y trouvait seule.

Rose hocha la tête.

– Tu ne peux pas en vouloir aux autres de t'avoir crue coupable, reprit-elle. Il y en a très peu qui voient les fantômes, et encore moins qui sont capables de communiquer avec eux.

– La chance que j'ai, grommela Harper.

Rose eut l'air blessée.

– Mais non, je ne parlais pas pour toi ! s'écria Harper, confuse. Je parlais des fantômes qui ont voulu me faire du mal, comme celui de Briarly.

– Qu'est-ce qui s'est passé là-bas ? Tu peux me raconter ?

– Ma chambre était hantée par le fantôme d'une certaine Dahlia. Elle était pleine de colère et de haine. Mais le pire, c'est qu'elle était très puissante.

– Les fantômes en colère se nourrissent de la peur, expliqua Rose. Plus elle t'effrayait, plus cela lui donnait des forces.

– Elle a bien failli me tuer, murmura Harper avec un frisson.

Cela lui rappela soudain qu'on l'avait poussée dans l'escalier quelques jours plus tôt, et qu'elle avait senti quelque chose arrêter sa chute.

– C'est toi qui m'as empêchée de tomber jusqu'en bas des marches ! s'exclama-t-elle.

Rose acquiesça d'un hochement de tête.

– J'aurais voulu pouvoir t'aider davantage, mais j'avais trop peur.

– Peur des fantômes ?

– Non, de la maison. Il y a vraiment quelque chose d'anormal ici.

– Quoi donc ?

– Je ne sais pas. Mais ça remonte à loin. Avant le garçon fantôme.

Le garçon fantôme. William. Dont le diminutif le plus courant était... Billy.

L'image de William le malfaisant surgit dans la tête de Harper. Elle se tourna vers son amie, le ventre noué par l'angoisse.

– J'ai peur pour mon frère, dit-elle. Depuis le début, il me parle d'un ami imaginaire qui s'appelle Billy. Mais il n'est pas imaginaire, n'est-ce pas ? Billy, c'est le fantôme de William ?

– Oui. Ton frère court un grave danger.

LE JOURNAL DÉBILE DE HARPER À WASHINGTON

NOTE N° 15

Un truc que je déteste:

1. Être possédée par un esprit malin.

Je sais comme c'est terrible d'être piégé dans son propre corps. C'est ce qui m'est arrivé juste avant l'incendie.

Tout m'est revenu, maintenant. Je me souviens que le prof d'arts plastiques, M. Manning, me reprochait toujours de chahuter en classe. Que les autres me trouvaient bizarre et me dévisageaient.

« Ça y est, Harper recommence à se parler toute seule », disaient-ils en gloussant. Même le prof s'interrompait pour me fixer.

Moi, je baissais la tête, pour éviter leurs regards mais surtout pour ne pas voir la fille que les autres ne voyaient pas. Je la suppliais de me laisser tranquille, mais elle ne m'écoutait pas. Elle disparaissait, réapparaissait, en me faisant sursauter chaque fois. Elle jetait mes crayons par terre, balançait mes feuilles dans les airs, renversait de la peinture sur mes mains. Elle n'arrêtait pas.

« Joue avec moi. »

« Joue avec moi maintenant ! »

J'avais rencontré Maddie à la rentrée de sixième, alors que les cours venaient à peine de commencer. C'était le fantôme d'une petite fille morte dans un incendie au collège cinquante ans plus tôt. Je l'ai appris en entendant des gens de la direction en discuter à voix basse au secrétariat.

Au début, elle était sympa avec moi, si heureuse d'avoir enfin quelqu'un à qui parler qu'elle me faisait de la peine. C'était la première fois depuis sa mort que ça lui arrivait. Elle semblait prête à tout pour avoir une amie.

Mais au fil des semaines, elle est devenue de plus en plus agressive. Elle essayait d'entrer dans mon corps et dans ma tête. Tout à coup, j'éprouvais une pression à l'arrière du crâne et ça faisait super mal. Rose me disait de ne pas la laisser prendre le contrôle, mais c'était de plus en plus difficile. D'après elle, Maddie était jalouse que je sois vivante. Elle voulait soit revenir à la vie, elle aussi, soit m'entraîner avec elle.

Le jour de l'incendie, elle était carrément hostile.

« Allez, Harper, je veux juste peindre un truc !

– Laisse-moi tranquille, Maddie. »

En représailles, elle avait balancé ma trousse à travers la salle.

« Ça suffit, Harper. Cette fois, tu vas en colle, m'avait dit M. Manning. Viens me voir à la fin du cours. »

J'étais rouge de honte et tout le monde ricanait et se moquait de moi, y compris Maddie. Je ne savais pas quoi faire d'autre que l'ignorer, même si ça ne marchait visiblement pas.

« Pourquoi tu ne joues pas avec moi, Harper ? » geignait-elle sans arrêt. Elle m'a tiré violemment les cheveux. J'ai essayé de ne pas pleurer tandis qu'elle me poussait ici et là et me pinçait partout. Mais c'était horrible. J'étais terrifiée à l'idée de ce qu'elle pouvait me faire. Je ne comprenais pas comment quelqu'un qui n'avait pas de corps pouvait faire physiquement aussi mal. Un coup violent à l'intérieur de ma tête m'a causé une migraine si aveuglante que j'ai failli vomir. J'ai posé doucement la tête sur la table, fermé les yeux et attendu la fin du cours.

Enfin, il y a eu des grincements de chaises, des piétinements sur le carrelage et des bavardages joyeux qui m'ont indiqué que les élèves sortaient de la salle. Quand le silence est revenu, j'ai entendu approcher les pas lourds du professeur et je me suis redressée.

« Harper, nous allons avoir une petite discussion avec monsieur le proviseur à propos de ton attitude perturbatrice. Cette fois, nous allons devoir avertir tes parents. C'est compris ?

– Oui, monsieur », ai-je marmonné.

J'étais surtout soulagée de quitter la salle de dessin. Je pourrais peut-être demander à mes parents de me changer de cours.

Mais à ce moment-là, il y a eu un grand remue-ménage dans le couloir, un brouhaha de coups et de cris.

« Reste assise à ta place », m'a dit M. Manning en quittant la pièce.

J'aurais voulu lui crier de ne pas me laisser seule avec Maddie, mais je n'en ai pas eu le temps. Et dès qu'il a été parti, elle a réapparu, assise à côté de moi.

« Bon, on peut jouer, maintenant ! »

Je me suis levée d'un bond et j'ai reculé. Il y avait chez elle une intensité presque électrique. Violente, même.

« Il faut que tu me laisses tranquille, Maddie. Tu me fais toujours disputer. »

On aurait dit que des étincelles jaillissaient de son corps spectral. Ses cheveux blonds avaient viré au blanc, tandis que ses yeux gris luisaient d'un éclat argenté.

« Tu es ma seule amie, Harper. Je veux juste jouer avec toi ! »

Le corps de Maddie commença à s'élever. Il semblait maintenant entièrement constitué d'électricité.

L'effroi m'a poussée vers la porte. Je savais que j'étais en danger. Des papiers ont tourbillonné dans une mini tornade tandis qu'une avalanche de crayons et de stylos me retombait dessus en pluie. Mais avant que j'aie pu aller très loin, Maddie m'a ramenée par les cheveux au milieu de la salle et m'a jetée par terre.

Je me suis mise à hurler, dans l'espoir qu'un professeur vienne à mon secours, avant de me rappeler les paroles de Rose. Elle disait que la peur nourrissait les esprits, les rendait plus puissants. Mais il était trop tard : déjà, le spectre électrifié de Maddie se glissait dans ma bouche. J'ai eu la sensation d'être électrocutée. J'aurais voulu me défendre, me battre pour garder le contrôle de mon corps, mais j'ignorais comment faire. J'étais paralysée, physiquement et mentalement. Puis Maddie a pris le dessus. Elle m'a forcée à me lever. J'étais piégée. Je n'entendais plus rien d'autre que les pensées de Maddie dans ma tête. Les gestes que j'accomplissais n'étaient plus les miens. Je n'étais plus qu'une marionnette.

« Le feu le feu le feu... »

Maddie a marché droit sur l'armoire des fournitures dans laquelle M. Manning rangeait la lampe à souder au butane. La porte était fermée à clé, mais elle m'a forcée à me jeter dessus encore et encore, de plus en plus fort, jusqu'à ce que le bois vole en éclats autour de la poignée et que la porte cède. On aurait dit que le fantôme me donnait une force surhumaine.

« Maddie, arrête ! » l'implorais-je.

Mais elle poursuivait sa litanie d'une voix chantante.

« Le feu le feu le feu... »

Maintenant qu'elle était dans ma tête, je pouvais lire dans ses pensées et voir son passé. C'était une pyromane. Elle avait allumé elle-même le feu dans lequel elle était morte. Elle était encore plus dangereuse que je ne l'avais cru.

Malgré mes efforts pour résister, elle m'a obligée à prendre la lampe à souder et à me diriger vers les fenêtres, où les travaux en papier mâché avaient été mis à sécher. Certains étaient déjà peints, d'autres inachevés, mais tous étaient faits de collages de morceaux de papier journal. On ne faisait pas plus inflammable.

Maddie a appuyé sur le bouton d'allumage de la lampe et réglé la puissance de la flamme au maximum. Puis elle l'a appliquée sous la feuille la plus proche, gloussant de joie lorsque celle-ci s'est embrasée. Horrifiée, je n'ai pu que regarder ma propre main passer à l'acte.

Dans ma tête, je luttais pour reprendre le contrôle, sans cesser de hurler intérieurement. Je concentrais toute mon énergie à essayer de retirer mon pouce du bouton qui maintenait le chalumeau allumé.

« Va-t'en ! » Mon cri a résonné dans ma tête, et j'ai senti le pouvoir de Maddie faiblir. J'avais l'impression que mon cerveau allait exploser. Dans un dernier sursaut d'énergie, j'ai repris la maîtrise de mon bras et jeté la lampe à l'autre bout de la salle. Le feu s'étendait à une telle rapidité que tous les travaux scotchés aux vitres étaient déjà en flammes. L'alarme incendie s'était déclenchée.

« Va-t'en, maintenant ! » ai-je crié de nouveau, tout haut cette fois. De toutes mes forces, j'ai repoussé la présence de Maddie. J'étais si en colère que toute ma rage s'est dressée contre sa volonté, et que j'ai fini par la chasser. Le soulagement a été immédiat. La pression dans ma tête s'est relâchée. La rage m'a quittée et l'épuisement m'a terrassée. La dernière chose dont je me souviens, c'est de m'être affalée par terre au milieu des tourbillons de fumée.

16

UN RAT DANS LA MAISON

Le neuvième jour - Très tôt le mardi matin

Rose et Harper avaient passé une bonne partie de la nuit à parler dans l'entrée, tout bas pour que personne ne les entende. Harper était à la fois trop excitée et trop tendue pour dormir et elles avaient beaucoup à se dire. Elles sursautèrent quand des cris perçants éclatèrent à l'étage. Harper se précipita en haut, tandis que ses parents arrivaient devant la chambre de Kelly. Elle les suivit à l'intérieur et trouva sa sœur en pleine crise d'hystérie. Une souris morte gisait sur son oreiller.

– J'ai senti quelque chose, ça m'a réveillée, et voilà ce que j'ai trouvé sous mon nez !

Harper ne pouvait même pas regarder l'animal. Elle avait une peur bleue des rongeurs.

– Ça veut dire qu'il y en a sûrement d'autres dans la maison, papa ? s'inquiéta-t-elle.

Cette idée cauchemardesque lui colla des frissons.

Elle aurait presque pu sentir une horde de souris passer sur ses pieds, et dut se retenir pour ne pas grimper sur une chaise.

– Cette souris a escaladé le lit pour aller mourir sur son oreiller ? fit Yuna avec une grimace de dégoût.

Peter, qui tenait la souris enveloppée dans du papier toilette, se détourna pour cacher son trouble à sa fille.

– Je ne crois pas, non, répondit-il lentement.

– Oh, c'est répugnant ! reprit Yuna. Cette bestiole a du sang sur la tête. Comment a-t-elle pu grimper dans le lit de Kelly dans cet état ?

– Du sang ? s'exclama Kelly d'une voix étranglée. Ça veut dire que quelqu'un l'a tuée avant de la déposer ici ?

Elle se tourna vers sa sœur avec horreur.

– C'est toi qui as fait ça ? C'est parce que je n'ai pas voulu t'emmener à Krispy Kreme ?

Cette accusation laissa Harper muette. Elle n'en croyait pas ses oreilles.

– Harper ne ferait jamais une chose pareille, rétorqua sèchement Peter. Elle ne s'en prendrait jamais à un animal. Sans parler de sa phobie des souris.

– Alors qui ? Qui en serait capable ? insista Kelly.

Cette accusation fit monter la colère de Harper.

– C'est peut-être toi, pour faire l'intéressante ! s'écria-t-elle, outrée.

– Sors de ma chambre !

Harper ne se fit pas prier, et alla se réfugier dans sa propre chambre en claquant la porte derrière elle. L'idée de tuer un animal lui aurait paru monstrueuse même si elle n'avait pas eu la phobie des souris. Mais en plus, rien que la pensée de se trouver à proximité d'un rongeur la rendait malade. Même venant de Kelly, ces soupçons étaient vraiment un coup bas.

À une époque, les deux sœurs avaient été proches. Harper n'aurait pas su expliquer ce qui leur était arrivé. Ça l'arrangeait de croire que Kelly avait pris la grosse tête depuis qu'elle était au lycée, mais leur brouille était plus ancienne. Lorsqu'elles étaient plus jeunes, Kelly lui reprochait toujours de mentir et d'inventer des choses. Et plus elles avaient grandi, plus elles avaient paru s'éloigner. Était-ce un mal de ne pas s'entendre entre sœurs ? Au moins, Harper avait Michael, qui, réalisa-t-elle soudain, n'était pas sorti de sa chambre depuis que les cris de Kelly les avaient alertés.

Harper rouvrit sa porte sans bruit et sortit la tête dans le couloir. Elle pouvait voir la porte entrouverte de la chambre de son frère, et le petit garçon qui fixait celle de Kelly d'un air éteint. Il tourna la tête et surprit son regard.

Il le soutint si longtemps qu'elle prit peur.

Puis, sans un mot, il referma sa porte.

Le neuvième jour - Mardi matin

Fatiguée après une nuit presque sans sommeil, Harper traîna au lit jusqu'en fin de matinée. Lorsqu'elle se réveilla pour de bon, ce fut pour trouver Rose qui flottait au pied de son lit.

– Tu es toujours là ! s'exclama-t-elle avec soulagement. J'avais peur que ce ne soit qu'un rêve.

– Bien sûr que je suis là ! répliqua Rose en souriant. Mais tu dois remettre en place ton talisman, celui qui contient du sel.

Et elle montra du doigt la pochette qui gisait par terre près de la porte.

– La pochette porte-bonheur de mamie Lee ? Pourquoi ? demanda Harper.

– Elle l'a fabriquée exprès pour éloigner les esprits malins. Je me souviens que c'est ce qu'elle a dit quand elle en a accroché partout dans ton ancienne maison. Associées aux clochettes, elles constituent un précieux talisman qui te protège. Maintenant que ton aura redevient plus lumineuse, tu es davantage une cible qu'avant.

– Mamie Lee ? Mais comment a-t-elle su ce qu'il fallait faire ?

Rose haussa les épaules.

– Je ne sais pas. Je me souviens juste d'avoir pensé que cette dame s'y connaissait. Mais dans cette maison-ci, tu es la seule qui ait pensé à t'en servir.

– Et ces talismans, ils ne te gênent pas ?

– Je ne les aime pas beaucoup, mais ils ne m'empêchent pas d'entrer.

Harper se gratta la tête, perplexe.

– Parce que tu es un gentil fantôme ?

– Je ne sais pas. En tout cas, je ne te ferais jamais de mal.

Tout en commençant à s'habiller, Harper eut soudain une idée.

– Rose, si Michael parle avec William, ça veut dire qu'il est comme moi, dit-elle. Est-ce qu'il t'a déjà vue ? Tu lui as parlé ?

– Non. Sa capacité ne s'est manifestée qu'une fois dans cette maison. Le temps que je réalise ce qui se passait, il était déjà trop proche de William pour que je me montre. Alors je suis restée cachée tout au fond de mon miroir, en espérant que la mémoire te reviendrait.

– William a presque entièrement pris possession de Michael, n'est-ce pas ?

Rose acquiesça d'un hochement de tête énergique.

– Oui. Il faut que tu l'aides avant qu'il ne soit trop tard !

– Mais je n'ai jamais réussi à arrêter un fantôme ! objecta Harper, qui frémit au souvenir de Dahlia et de Maddie. Ils sont trop forts pour moi.

– Tu es très puissante, Harper, lui assura Rose. Maddie a essayé de te posséder et tu as réussi à la repousser. Tu t'es libérée du contrôle qu'elle avait pris sur toi. Maintenant, tu dois faire la même chose pour ton frère.

Sur le coup, Harper paniqua. L'idée de se battre contre des fantômes lui donnait envie de s'enfuir en courant. Mais la pensée de son petit frère l'aida à se maîtriser. Elle savait combien il était terrifiant d'être habité par un esprit maléfique. Elle devait l'aider.

– Qu'est-ce que je dois faire ? demanda-t-elle.

– Je ne sais pas trop. William est malfaisant. Ça, au moins, c'est certain. En fouillant un peu partout dans la maison, j'ai surpris des éclairs de souvenirs ici et là. Et ce que j'ai vu est inquiétant.

– Des éclairs ?

– Comme ceci, répondit Rose en faisant signe à Harper de venir avec elle.

Elle descendit l'escalier en flottant. Harper suivit l'éclat de ses cheveux roux et la douce lueur qui entourait sa silhouette. Une fois dans la cuisine, Rose posa une main sur le mur et l'autre sur le visage de son amie.

Aussitôt, Harper fut transportée dans une autre époque. La nouvelle cuisine high-tech avait disparu, remplacée par une pièce qu'on aurait crue sortie d'un vieux feuilleton en noir et blanc. Le papier peint était blanc parsemé de grosses roses rouges et les ustensiles ressemblaient à des antiquités, mais flambant neuves.

Ce changement s'opéra en une fraction de seconde. Sous les yeux de Harper, William et son frère dessinaient à la table de la cuisine tandis que leur mère préparait le repas. Alors qu'elle sortait un gros rôti du four pour le déposer sur le plan de travail, la sonnette de l'entrée retentit.

– Je vais ouvrir, dit-elle à s'essuyant les mains sur son tablier avant de l'enlever. Attention au four, les garçons. Il est brûlant.

À peine eut-elle quitté la cuisine que William s'en approcha.

– Hé ! lança-t-il. Il y a des cookies dedans !

Jonathan sourit, ravi.

– J'en veux un !

Il se précipita vers son frère, mais au même instant, William ouvrit la porte du four et le fit trébucher, l'obligeant à se rattraper sur la face interne de la paroi brûlante.

Jonathan poussa un cri de douleur et ses petites mains se couvrirent de cloques. William souriait.

Rose ôta sa main du mur, et les cris et les images se dissipèrent.

– C'est un monstre, murmura Harper, horrifiée.

Posant un doigt sur ses lèvres, Rose lui fit signe de la

suivre à l'arrière de la maison, où ses parents avaient installé leur bureau. Elle entra dans la pièce, alluma la lumière et referma la porte.

– La plupart du temps, William reste à l'étage, lui expliqua Rose. Mais je ne veux pas qu'il nous entende.

– On ne risque rien ici ? demanda Harper.

– Non, il n'y vient jamais. On peut même dire qu'il évite cette pièce comme la peste.

– Je me demande à quoi elle servait avant.

Comme dans la cuisine, Rose posa une main sur le mur et l'autre sur Harper et elles furent de nouveau projetées dans le passé. Harper remarqua aussitôt un crucifix sur le mur et un petit autel en dessous, sur une table. Il contenait une petite statue de la Vierge Marie, des bougies de toutes les tailles, plusieurs chapelets, une Bible à la couverture en cuir et plusieurs flacons remplis d'un liquide transparent. De l'eau bénite, supposa Harper. Pour le reste, la pièce était meublée de façon simple et confortable. Elle comprenait deux fauteuils, une table basse et un panier qui semblait contenir des fournitures de tricot. Rose ôta la main du mur et elles se retrouvèrent dans le présent, dans le bureau des Raine.

– C'était leur salle de prière, comprit Harper.

– De l'eau bénite, fit Rose, songeuse. On pourrait s'en servir contre William.

– J'en ai une bouteille dans ma chambre, l'informa Harper. C'est Dayo qui me l'a donnée.

– Parfait. Pour exorciser quelqu'un, il faut l'asperger d'eau bénite en disant une prière spéciale. Mais il paraît que ça doit être fait par un prêtre entraîné à pratiquer l'exorcisme.

– Alors ça ne marchera pas. Et si je ratais mon coup, ça risquerait encore d'aggraver les choses.

Rose écarta les mains dans un geste d'impuissance.

– Qu'est-ce que je fais de l'eau bénite, alors ? demanda Harper.

– On devrait en répandre un peu dans toutes les pièces, suggéra Rose.

Harper soupira. Dayo avait proposé la même chose.

– Bon, d'accord. Je vais commencer par la chambre de Michael et on verra ce qui se passe.

Rose paraissait soucieuse.

– C'est une mauvaise idée ? lui demanda Harper.

– Ce fantôme me fait vraiment peur. Reste sur tes gardes.

– Ne t'inquiète pas, je serai prudente.

Harper regagna sa chambre où elle finit de s'habiller, se brossa les dents, se lava le visage et prit l'eau bénite. Puis elle alla frapper à la porte de son frère et entra sans attendre sa réponse. Il était assis par terre, les yeux dans le vide. Aussitôt, elle entreprit d'asperger d'eau bénite les quatre coins de la pièce. Très vite, la température se rafraîchit et l'air devint lourd et oppressant, comme si une grosse créature effrayante, redoutable, dangereuse, soufflait dans son cou.

– Qu'est-ce que tu fais ? lui demanda son frère d'un ton monocorde.

Son regard mort suivait les mouvements de Harper.

Se forçant à ignorer le changement survenu dans la pièce, elle s'agenouilla en face de lui et lui montra la bouteille.

– Je protège la maison avec cette eau bénite que Dayo m'a donnée.

Et, d'un geste vif, elle en jeta quelques gouttes dans sa direction.

Il se recroquevilla, les lèvres retroussées comme pour mordre, et la fixa en grondant. Elle recula, effrayée par son expression. Les traits déformés de son frère lui donnaient un air qui n'avait plus rien d'humain. Ce n'était pas le visage de Michael, et ce n'était pas Michael non plus.

– Ne fais pas ça, dit-il, toujours sur le même ton. Je n'aime pas ça.

Harper décida de le prendre comme une plaisanterie.

– Qu'est-ce que tu n'aimes pas ? Ça ?

Elle l'aspergea de nouveau et, cette fois, les gouttes atteignirent la joue de son frère.

Brusquement, le petit garçon reprit une expression qu'elle connaissait bien, et qu'elle aimait de tout son cœur. Il la regarda avec de grands yeux pleins de lumière.

– Harper ! Il n'aime pas quand tu fais ça.

– De qui parles-tu ? lui demanda-t-elle.

Mais déjà, la lumière s'éteignait dans ses yeux.

Il bondit sur ses pieds et la poussa violemment. Basculant en arrière, elle tomba par terre sur le dos. La bouteille se vida sur le tapis où elle dessina une tache sombre. Puis Michael sauta à pieds joints sur le ventre de sa sœur et se mit à la frapper de toutes ses forces. Harper lâcha un cri de panique. Elle essayait de se défendre, mais il était soudain bien plus fort qu'un enfant de cinq ans. Mais avant tout, c'était l'esprit maléfique de la maison qui la choquait le plus. C'était la maison qui était en colère et qui la frappait.

Soudain leur mère entra et tira le petit garçon en arrière.

– Michael, ça suffit !

Une fois dans ses bras, il se laissa aller comme une chiffe molle et fondit en larmes.

– C'est elle qui a commencé !

– C'est pas vrai ! protesta Harper. C'est lui qui m'a attaquée !

– C'est des bobards ! T'es qu'une sorcière !

– Michael, je t'interdis de frapper ta sœur et de parler de cette manière dans cette maison, le sermonna sa mère. Excuse-toi tout de suite.

– J'ai rien fait !

– Michael…

Le garçon qui n'était pas Michael croisa les bras et secoua furieusement la tête.

Yuna le posa par terre avec un soupir.

– Bon, viens avec moi à la cuisine. Je vais préparer le repas.

– Ah, chouette ! Je veux un hot-dog.

– On mange des pâtes, répondit Yuna en essayant de l'entraîner dans le couloir.

Le gamin pila en la foudroyant du regard.

– Je veux un hot-dog, j'ai dit.

Harper vit que sa mère était en colère, mais aussi qu'elle commençait à se poser des questions.

– On n'a pas de hot-dogs.

– Tu me trouves un hot-dog ou je pique une crise !

– Dans ce cas, tu vas aller au coin jusqu'à ce que tu te décides à nous parler plus poliment, répliqua Yuna.

Avec un cri strident, Michael se jeta au sol et se mit à se rouler par terre.

Pressée de s'éloigner, Harper se releva à la hâte et dévala l'escalier pour aller se camper devant le miroir de l'entrée. Elle avait la sensation que la maison cherchait à l'engloutir tout entière. Qu'elle aurait voulu l'écraser entre ses murs et la faire disparaître. Harper appela Rose, mais son amie n'apparut pas. Elle entendit seulement sa voix qui murmurait dans sa tête.

« Quelque chose ne va pas, Harper. Tu es en danger dans cette maison pour l'instant. Sors de là ! »

Au même moment, son père rentra du travail et entendit les cris au premier étage.

– C'est encore Michael ? demanda-t-il, les sourcils froncés.

Harper hocha la tête en mettant ses chaussures.

– Je vais chez Dayo. Je n'en peux plus, là.

Peter soupira d'un air préoccupé.

– Je te comprends, chérie.

Et avant qu'il ait pu changer d'avis et tenter de la retenir, elle sortit en courant.

LE JOURNAL DÉBILE DE HARPER À WASHINGTON

NOTE N° 16

Un truc que je déteste :

1. Billy, alias William Bellair, alias le garçon fantôme malfaisant.

J'ai horreur de me battre, mais je vais devoir coller une bonne raclée à ce fantôme si je veux sauver mon petit frère. Je ne peux pas le laisser s'emparer de lui. L'esprit de William est un vrai monstre. C'était déjà un gamin ignoble de son vivant, mais il est devenu carrément malfaisant maintenant qu'il est mort. Le pauvre Mikey ! Il doit être terrifié. C'est ma faute. Si je n'avais pas oublié Rose et ce qui s'est passé à Briarly, j'aurais peut-être vu William ce premier soir et j'aurais pu l'arrêter.

Maintenant, il faut que je me débrouille pour aider Michael à tout prix. Je suis prête à tout pour le sauver.

17

À LA RECHERCHE D'UN CONSEILLER SPIRITUEL

Le neuvième jour - Mardi fin de matinée

La sensation oppressante d'un danger imminent poursuivit Harper jusque chez Dayo. La porte d'entrée s'ouvrit dès son arrivée, comme si son amie avait perçu sa présence. Celle-ci sortit en tenant Citrouille en laisse.

La petite chienne aboya joyeusement et vint saluer Harper en boitillant sur son plâtre.

– Salut ! lui lança Dayo avec un grand sourire. J'étais justement en train de penser à toi ! Alors, comment ça se passe dans la maison ?

Le visage souriant et détendu de son amie apaisa Harper et calma un peu sa peur. C'était un vrai réconfort de se retrouver en sa compagnie, dans une atmosphère normale. Elle pouvait enfin respirer librement, sans que l'angoisse ne lui serre la poitrine.

Elle aurait voulu pouvoir tout lui raconter, mais elle avait peur que Dayo ne la prenne pour une folle. Les histoires de fantômes, c'était une chose. C'en était une autre d'expliquer que sa meilleure amie, perdue de vue depuis longtemps, en était un aussi, et que son petit frère était possédé par l'esprit d'un garçon nuisible. Harper elle-même trouvait ça dur à avaler.

– J'ai encore eu une vision du garçon qui est mort dans la maison, répondit-elle.

Dayo écarquilla les yeux d'un air excité.

– Raconte-moi tout !

Elles s'assirent sur les marches du perron et Harper décrivit ce qu'elle avait vu. À mesure qu'elle parlait, Harper était de nouveau assaillie par l'angoisse et la peur.

– Je ne sais pas quoi faire, avoua-t-elle.

– C'est moche, admit Dayo. On devrait peut-être demander au père Hurley de venir pratiquer un exorcisme.

Mais Harper secoua la tête.

– Ça me paraît difficile. Mes parents ne croient pas du tout aux esprits, surtout ma mère.

– Mais on ne peut pas rester les bras croisés ! s'exclama Dayo, inquiète.

Harper fut frappée de l'entendre dire « on ». Elle aurait presque pleuré de soulagement d'avoir auprès d'elle quelqu'un sur qui elle pouvait compter.

– Merci de me croire, lui dit-elle. Tu es la première vraie amie vivante que j'aie jamais eue.

Dayo la serra contre elle.

– Je ne vois pas bien quel autre genre d'ami tu peux avoir, mais en tout cas, je vais t'aider. Ne t'en fais pas. On trouvera une solution. Et si le fantôme devient trop flippant, tu pourras toujours venir habiter chez moi.

Harper se retourna vers la maison avec envie.

– Ah, ce serait trop génial !

– Tu es la bienvenue, confirma Dayo. Bon, maintenant, au boulot ! On a une enquête à mener.

Elle se leva et fit rentrer Harper et Citrouille à l'intérieur.

– Une enquête sur quoi ?

– Sur ce fameux William, pour essayer de découvrir ce qu'il veut et se débarrasser de lui plus facilement.

Une demi-heure plus tard, les deux filles comparaient le résultat de leurs recherches dans la chambre de Dayo :

– Regarde, Harper. Chaque fois qu'il s'est produit quelque chose de grave dans cette maison, la victime était un petit garçon.

Dayo entoura plusieurs noms sur ses feuilles.

– Les Bellair, les Jacob et les McCarthy avaient tous un fils qui est mort, ou qui a failli mourir, ou qui est tombé malade.

– Il y a une logique, raisonna Harper. Je pense que William cherche un ami avec qui jouer, quelqu'un pour remplacer son petit frère. Cela dit…

Elle réfléchissait à ce que Rose lui avait dit : qu'il y avait quelque chose d'anormal dans cette maison. Quelque chose de plus ancien que le garçon fantôme. Il faudrait qu'elle lui demande ce que ça signifiait.

– Qu'est-ce qu'il y a ? interrogea Dayo, intriguée.

– William est bien le premier garçon qui soit mort dans la maison après la disparition de Grady ?

– Oui. La maison est restée vide un moment, jusqu'à ce que les Bellair l'achètent en 1925.

– Et si William n'était pas le seul fantôme à la hanter ?

– À qui penses-tu ? Au vieux Grady ? Mais ça ne tient pas debout ! Pourquoi s'en prendrait-il uniquement aux petits garçons ? La logique voudrait qu'il attaque plutôt des adultes !

Rassurée, Harper se laissa aller contre le dossier de sa chaise.

– C'est vrai, tu as raison. Il doit juste y avoir William. Et à propos de son petit frère…

– Hmm, fit Dayo. Il était toujours en train de le maltraiter. Tu m'as même dit qu'il avait essayé de le tuer.

Alors je ne pense pas qu'il cherche quelqu'un pour le remplacer. Ça doit être autre chose. Voyons... Il y a une période de quarante ans sans incident, à l'époque des Richmond. Leur fille unique a revendu la maison en 1965.

– Super ! ironisa Harper. Un fantôme qui déteste les filles.

Mais elle repensa à la façon dont William se comportait avec sa mère. À l'adoration qu'il lui témoignait.

– Non, attends ! William a fichu la paix à la fille des Richmond justement parce que c'était une fille.

Harper s'empara des notes de Dayo pour y vérifier une information qu'elle lui avait entendue lire.

– Regarde, c'est là ! Les derniers à avoir habité ici sont les McCarthy. La mère a essayé de tuer son petit garçon. Son avocat a plaidé la folie de sa cliente. Elle soutenait que son fils était possédé par un esprit malin et qu'elle avait seulement voulu le sauver.

– Une possession ! s'exclama Dayo. Mais oui ! William veut ressusciter en prenant le contrôle du corps de ton frère ! Ça veut dire que Michael est vraiment en danger !

Harper frémit à ces paroles. Elle ne dit pas à Dayo qu'à son avis, William avait déjà en partie réussi.

« Ne fais pas ça, Harper. Il n'aime pas ça. »

Elle était certaine qu'à ce moment-là, c'était le vrai Michael qui lui parlait. Il n'avait pas totalement disparu. Elle devait le sauver. Mais comment ? Elle se sentait totalement impuissante.

À cet instant, Mme Clayton les appela pour le déjeuner.

– Au menu, poulet à la jamaïcaine avec du riz et du *callaloo*, précisa Dayo. C'est une sorte d'épinard de chez nous tout à fait délicieux.

– Il faut que je rentre chez moi, dit Harper.

Dayo lui tapota gentiment l'épaule.

– Il faut aussi que tu manges si tu dois te battre contre tous ces esprits malins.

Harper ne put s'empêcher de rire.

– Bon, d'accord, tu as gagné, céda-t-elle. En plus, ça sent trop bon.

Après un repas savoureux, Harper rentra chez elle, où elle alla trouver Rose dans le miroir.

– J'ai besoin que tu m'expliques ce qui s'est passé tout à l'heure. Pourquoi fallait-il absolument que je parte ?

Rose demeurait en retrait, tout au fond du miroir.

– On se retrouve dans ta chambre, lui dit-elle.

Lorsque Harper arriva en haut, son amie l'y attendait déjà. Elle referma prudemment la porte.

– Quand l'eau bénite s'est renversée, toute la maison a vibré, lui expliqua-t-elle. Elle tremblait de rage.

– William est capable de faire ça ?

– Je n'en sais rien. C'est justement ce qui m'ennuie.

– L'autre jour, tu m'as dit qu'il y avait un truc anormal dans la maison. Qu'est-ce que ça signifie ?

La fille fantôme voleta dans la pièce avec agitation.

– Au début, j'ai cru que c'était simplement William. Mais depuis qu'il possède Michael…

– Ne dis pas cela !

– Pardon. Mais depuis ce moment-là, je perçois une sorte de changement. Comme si la maison attendait quelque chose.

– Mais quoi ?

– Que William ait pris entièrement possession de Michael. Il nous faudrait l'aide d'un professionnel.

– Mais oui, appelons S.O.S. Fantômes, je suis sûre qu'ils ont un Numéro Vert.

Harper s'effondra sur son lit et se couvrit le visage de son oreiller en s'efforçant de ne pas crier.

– Je suis sérieuse, Harper, reprit Rose. Il nous faut un conseiller spirituel.

– Qu'est-ce que c'est ?

– Je me rappelle que ma mère et ses amies parlaient de conseillers spirituels qui étaient capables de communiquer avec les morts. Et de les forcer à laisser les vivants en paix. La difficulté était de trouver un vrai conseiller spirituel et pas un charlatan.

– Et je fais ça comment, moi ?

– Tu sais entrer en contact avec les fantômes, Harper. À mon avis, c'est par là qu'il faut commencer. Va dans un cimetière et demande-leur de t'aider.

– Et si je tombe sur un fantôme tordu, comme Dahlia ou Maddie ?

– Si tu tiens à sauver ton frère, je ne vois pas ce que tu peux faire d'autre. En plus, tu ne crains pas grand-chose. Les fantômes qui traînent dans les cimetières ne sont reliés qu'à la mémoire de leurs proches. Ils ne sont pas dangereux… en règle générale.

– Si seulement tu pouvais venir avec moi… commença Harper.

– Je sais, maugréa Rose en s'assombrissant. Saleté de miroir…

– Bon, soupira Harper. J'y vais quand, alors ?

LE JOURNAL DÉBILE DE HARPER À WASHINGTON

NOTE Nº 17

Un truc que je déteste :

1. Les cimetières la nuit.

Je me revois très précisément, à cinq ans, en train de jouer dans un cimetière. C'était celui d'une vieille église quelque part dans le New Jersey. Mes parents s'étaient arrêtés là sur le chemin d'un marché fermier qui se tenait juste à côté. Je me rappelle avoir joué à chat avec d'autres enfants, en zigzaguant entre les tombes. Quand mes parents m'ont retrouvée, je riais et je courais partout en m'amusant comme une folle. Quand on est partis, j'ai agité la main pour dire au revoir à mes amis. Mes parents ont cru que je disais au revoir aux chats errants. Ils ne voyaient pas les fantômes des enfants morts avec qui j'avais sympathisé ce jour-là.

18

LE CIMETIÈRE

Le neuvième jour - Mardi soir

Le crépuscule ne tombait que vers neuf heures du soir, et le seul moyen pour Harper de sortir de chez elle la nuit était de le faire en cachette. Elle avait laissé son vélo appuyé contre le côté de la maison. Son père n'était pas encore rentré du travail et sa mère disparaissait toujours dans son bureau à vingt et une heures tapantes.

Harper devrait donc attendre ce moment-là pour pédaler dans le noir jusqu'à Notre-Dame-de-la-Miséricorde. Elle n'était même pas sûre de trouver le chemin. Mais elle se força à chasser les pensées négatives pour se concentrer sur la planification des détails de son expédition. Puis elle attendit.

Sortir de la maison se révéla plus facile qu'elle ne l'avait craint. Elle n'avait plus qu'à éviter de se faire prendre au retour.

Les cimetières font partie des derniers endroits où les gens normaux ont envie de traîner à la nuit tombée, et Harper ne faisait pas exception. Mais ce soir-là, elle s'avança bravement entre les tombes à la rencontre des morts.

Notre-Dame-de-la-Miséricorde était une église pittoresque, flanquée d'un charmant cimetière entretenu avec beaucoup de goût et de soin. Mais la nuit, son atmosphère changeait du tout au tout. Dans le noir, le frêle noisetier et les érables majestueux prenaient une allure sinistre et les statues des anges en pleurs avaient l'air de présages de malheur. Quant au grand saule aux branches tombantes, il ne représentait plus un refuge mais une présence menaçante, chargée de pouvoirs maléfiques.

Soudain, un bruissement dans les buissons fit sursauter Harper et son cœur s'emballa. Ce n'était qu'un jeune lapin. Des pensées de Dahlia, de Maddie, et même de William menaçaient de l'engloutir et sa seule envie était de rentrer chez elle. Mais la peur de perdre Michael raffermit sa résolution. Elle aimait profondément son frère. Elle devait le sauver avant que William ne s'empare complètement de lui.

S'arrêtant devant une pierre tombale, Harper prit une grande inspiration et s'assit dans l'herbe. Rose lui avait conseillé de s'efforcer de mettre tous ses sens en éveil pour accéder au royaume des esprits. Mais comment ? Par la méditation, peut-être, ou le yoga ? Elle avait déjà vu mamie Lee méditer. La première fois, elle avait cru qu'elle dormait, avant de s'apercevoir que sa grand-mère ne cessait de remuer les lèvres.

Elle décida d'essayer. Elle se souvenait d'une scène de l'un de ses films préférés, *Kung Fu Panda*, dans lequel Shifu, le panda roux maître de kung-fu, passait son temps à méditer en répétant les mots « paix intérieure ». Sa sœur n'avait pas arrêté de se moquer du film. Certes, *shifu* signifiait « maître », et l'appeler « maître Shifu » revenait à l'appeler « maître maître ». Cette erreur culturelle n'empêchait pas Harper d'adorer le film alors que ce genre de choses indignait toujours Kelly. Comme quand Starbucks propose du « thé chai » alors que *chai* veut dire « thé ».

Sans trop savoir comment s'y prendre, Harper décida d'invoquer l'esprit de Shifu. Elle ferma les yeux, inspira et expira, lentement, tranquillement. De nouveau, elle remplit ses poumons puis les vida, plusieurs fois de suite, jusqu'à ce que les battements de son cœur ralentissent et qu'elle perçoive le rythme régulier du sang qui coulait dans ses veines. Peu à peu, elle se libéra de la peur et découvrit une sensation nouvelle, qu'elle n'aurait pas su nommer. Cette sensation montait du fond d'elle-même et semblait très ancienne et très puissante. Elle dépassait de loin les capacités naturelles de Harper. Elle en fut effrayée, parce qu'elle savait qu'elle puisait cette énergie à une source primitive et dangereuse. Décuplés par cette force, tous ses sens étaient en alerte.

S'agissait-il du royaume des esprits ? Avait-elle pénétré dans le monde des morts ou était-elle simplement entrée en communication avec lui ? Elle l'ignorait, mais elle savait que quelque chose avait fondamentalement changé. Qu'elle avait ouvert un passage vers un autre monde.

Et en même temps qu'elle réalisait cela, elle se rendit compte qu'elle n'était plus seule. Ouvrant les yeux, elle vit qu'elle était cernée par des fantômes qui l'observaient, intrigués.

Ils étaient une trentaine, la plupart vêtus dans des tenues d'autrefois. Une vieille dame fantôme la scruta par-dessus ses lunettes rondes et secoua la tête avant de se replonger dans son tricot.

– De mon temps, les enfants ne venaient pas dans les cimetières essayer de réveiller les morts, fit-elle d'un ton désapprobateur. Ah, pauvre monde…

– Des voyous ! Voilà ce qu'ils sont tous devenus ! enchérit un vieux fantôme en agitant sa canne en direction de Harper. Beaucoup trop couvés et pas assez fouettés.

Un adolescent tourna autour d'elle en l'examinant attentivement.

– Elle doit être en train de participer à une séance de spiritisme, quelque chose comme ça, supposa-t-il. J'ai bien envie de lui tirer les cheveux un bon coup, ou de fourrer une araignée dans son chemisier.

Harper tenta de réprimer sa peur en se concentrant sur la petite fille qui était assise juste devant elle. Elle portait un joli tablier blanc et des chaussures à bride qu'elle cognait l'une contre l'autre. Harper pouvait presque les entendre s'entrechoquer. Il y avait un léger sourire et une étrange expression lumineuse sur son visage d'enfant.

Harper décida de commencer par elle.

– S'il te plaît, peux-tu demander à ton ami de ne pas me tirer les cheveux et de ne pas glisser d'araignée dans mon chemisier ?

La petite fille resta bouche bée de surprise et un murmure excité parcourut le groupe de fantômes.

– Tu nous vois ? demanda l'enfant. Ben mince alors ! La seule autre personne qui puisse nous voir, c'est la vieille dame chamane qui vient parfois nous rendre visite. Mais elle n'est pas passée depuis un moment. Toi aussi, tu es une chasseuse d'esprits ?

– Une quoi ? demanda Harper, perplexe.

– Les chasseurs d'esprits sont des gens qui traquent les esprits mauvais ou perturbés et qui les mettent sur le bon chemin pour qu'ils trouvent le repos.

– Et pourquoi ne le font-ils pas avec vous aussi ?

– Parce que nous, nous ne dérangeons personne, répondit la fillette.

– Sauf ceux qui viennent ici, bien sûr, nuança le jeune garçon en surgissant à côté d'elle. Dans ce cas, il nous arrive de leur jouer des petits tours inoffensifs, sans penser à mal. Hein, Phoebe ?

Il donna un coup de coude à la petite fille, qui gloussa.

– Glisser une araignée dans leur dos, tu appelles ça un petit tour inoffensif ? demanda Harper, incrédule.

– Ils n'en meurent pas, répliqua-t-il d'un ton léger.

– De temps en temps, la vieille chamane nous demande si on veut partir. Mais mes amis me manqueraient trop, précisa Phoebe avec un grand sourire à l'adresse du garçon.

– Et ta famille ? demanda Harper. Elle ne te manque pas ?

– Si, admit la petite fille. Mais ça fait très longtemps que je ne les ai pas vus. Et ils ont été remplacés par ceux d'ici.

– Oh, fit Harper sans vraiment comprendre.

Elle ne put s'empêcher de remarquer la tristesse qui voilait les yeux de la fillette.

– Vois-tu, nous étions déjà morts depuis longtemps quand la chasseuse d'esprits a fait son apparition, expliqua le garçon. Si elle était arrivée avant, les choses auraient été différentes.

La vieille dame au tricot s'approcha en flottant dans les airs et s'assit à côté de Phoebe.

– Les chasseurs d'esprits ne sont pas si nombreux, précisa-t-elle avec un soupir. Pendant les cinquante premières années que j'ai passées ici, je n'en ai pas vu un seul. J'aurais pourtant donné cher à l'époque pour retrouver mon Gerald. Mais nous n'avions pas eu d'enfant, et voilà que j'en ai, d'une certaine façon. Que demander de plus ?

Elle sourit à Phoebe, qui se pencha pour la serrer contre elle dans une étreinte de fantôme.

– Et où peut-on la trouver, cette chasseuse d'esprits ? demanda Harper. Elle pourrait m'aider à sauver mon frère.

– Qu'est-ce que tu dis ? Parle plus fort ! Je ne t'entends pas ! marmonna le vieil homme.

Harper inspira à fond et reprit :

– Je suis à la recherche d'un conseiller spirituel. Mon frère est possédé par un esprit malin qui hante ma maison.

Des murmures agités envahirent le cimetière tandis que tous les fantômes se mettaient à exprimer leur curiosité, leur surprise ou leur inquiétude. Ils se massèrent autour de Harper, la poussant à se relever. C'était un peu impressionnant de sentir toute cette énergie se presser si soudainement autour d'elle.

– Raconte-nous ce qui s'est passé, demanda la vieille dame avec bienveillance.

Harper lui résuma la situation, puis laissa les revenants discuter entre eux de la meilleure façon de l'aider.

– Elle a besoin de la vieille chamane, c'est clair, estima le jeune garçon, qui s'appelait Roderick. Comment s'appelle-t-elle, déjà ? Elle m'a toujours dit de l'appeler « mamie ».

– Oui, c'est étrange, renchérit Mme Taylor, la vieille dame. Moi non plus, je ne me souviens pas de son nom.

Harper ne tarda pas à se rendre compte que les fantômes avaient très mauvaise mémoire dès qu'il était question des vivants.

– Il n'y a donc personne qui puisse me dire qui est cette chamane et où la trouver ? s'inquiéta-t-elle.

Au bout d'un long silence, quelqu'un murmura :

– Si. Mme Devereux.

À ce nom, un frisson palpable parcourut l'assemblée.

– Qui est-ce ? demanda Harper d'un ton pressant.

– Ne le lui dites pas ! s'écria le vieil homme en se remettant à agiter sa canne. Ou la sorcière va encore revenir faire peur aux petits.

S'apercevant que Phoebe et quelques autres avaient disparu, Harper se tourna vers Mme Taylor.

– S'il vous plaît, madame, l'implora-t-elle, il faut m'aider avant qu'il ne soit trop tard. Mon frère court un terrible danger.

Mme Taylor se tordit nerveusement les mains.

– Mme Devereux est un esprit. Un esprit très ancien, mais aussi le plus puissant que nous connaissions. De son vivant, c'était une sorcière et une voyante. On raconte qu'elle savait à la fois lire dans les pensées des gens et les maudire. Maintenant, elle rend visite aux morts de par le monde et choisit les esprits qu'elle va consumer pour nourrir son pouvoir. On dit qu'elle préfère les jeunes. Mais la dernière fois que j'ai entendu parler d'elle, elle opérait comme guide avec la chasseuse d'esprits.

Mme Devereux semblait terrifiante. Mais si elle pouvait aider Harper à contacter la chasseuse d'esprits, cela valait la peine de prendre quelques risques.

– Bien, dit-elle en prenant son courage à deux mains. Comment puis-je lui parler ?

Le vieux revenant regarda ses compagnons d'un air impuissant.

– C'est que… nous n'en savons rien, petite. Seul un chasseur d'esprits ou un médium peut entrer en contact avec elle.

Harper se sentit gagnée par le désespoir.

C'est alors que la petite fille reparut.

– Ne le sais-tu pas ? lui demanda-t-elle. Toi-même, tu es une médium. Tu peux la contacter.

– Moi ? Mais comment ?

– De la même manière que tu nous as invoqués, répondit Phoebe. Mais cette fois, appelle-la par son nom. Bonne chance, murmura-t-elle avant de disparaître de nouveau.

Harper se rassit mollement par terre. Tout en recommençant à pratiquer ses exercices de respiration, elle vit les autres fantômes se volatiliser un à un, jusqu'à ce qu'elle se retrouve seule.

Cette fois, elle concentra toutes ses pensées sur le nom qu'on lui avait fourni, Mme Devereux, en la suppliant de l'aider. Encore et encore, elle répéta son nom. Dans sa tête, elle visualisait un fantôme géant au visage effrayant, malfaisant. Elle frémit tout en puisant dans l'énergie spirituelle qui circulait tout autour d'elle. Peu à peu, l'air se fit glacial, puis chaud et moite, comme si elle se trouvait sur une grille du métro new-yorkais en hiver. Harper savait que l'esprit était là, mais elle avait trop peur pour ouvrir les yeux.

– On peut dire que tu as beaucoup d'imagination, petite, dit une voix soyeuse d'un ton amusé. Je crains d'être beaucoup moins effrayante que tu ne le crois.

En ouvrant les paupières, Harper découvrit devant elle une femme menue et très belle, vêtue d'une élégante robe de bal en soie rose corail, la tête drapée dans un foulard assorti qui mettait en valeur sa peau noire. Harper supposa d'abord qu'il s'agissait de Mme Devereux, avant de songer qu'elle ne semblait nullement malfaisante.

L'esprit éclata de rire, d'un rire chaleureux encore plus grave que sa voix.

– Ne sois pas si naïve, petite. Le mal peut prendre de nombreuses formes.

Dans les yeux de Mme Devereux luisirent des petites flammes qui semblaient venir du plus profond d'elle.

Harper recula, jusqu'à ce que son dos heurte un tronc d'arbre.

L'esprit rit de nouveau et agita paresseusement un éventail devant son visage.

– Ton visage m'est familier. Comment t'appelles-tu ?

– Harper Raine.

L'esprit parut étonné, et sourit avec ce que Harper ne put décrire que comme une joie malicieuse.

– Comme c'est charmant ! J'ai hâte d'en informer Madame.

– Vous parlez de la chasseuse d'esprits ? demanda Harper.

– En effet, très chère. Mais pourquoi la cherches-tu ?

– J'ai besoin de son aide.

Elle expliqua rapidement ce qui arrivait à son petit frère. Le visage de l'esprit se fit sérieux, puis inquiet.

– C'est une situation dangereuse, en effet. Je parlerai à Madame et tu auras ta réponse au matin.

Harper fut si soulagée que les larmes lui montèrent aux yeux.

– Merci beaucoup, dit-elle d'une voix enrouée par l'émotion.

L'esprit lui sourit avec bonté.

– Rassure-toi, petite. Madame aidera ton frère. Rentre chez toi et attends tranquillement qu'elle vienne te voir.

Harper acquiesça d'un hochement de tête en s'essuyant les yeux.

– Je ne comprends pas pourquoi les autres fantômes ont dit toutes ces choses terribles sur vous. Vous n'êtes pas du tout méchante.

Mme Devereux ricana doucement.

– Parmi tous ces fantômes, en as-tu remarqué qui étaient noirs comme moi ?

Harper réfléchit un moment avant de faire non de la tête. Elle n'y avait pas pensé avant.

– Certaines choses ne changent jamais, même dans la mort, reprit l'esprit. Ici, c'est un cimetière où règne la ségrégation. Aucun Noir Américain n'y est enterré. La prochaine fois que tu voudras me voir, cherche-moi plutôt dans le cimetière de Woodlawn. Tu verras, là-bas, les fantômes ont bien moins peur de moi.

NOTE N° 18

19

LA CHASSEUSE D'ESPRITS

Le dixième jour - Mercredi matin

Harper s'était levée tôt et attendait avec angoisse que la chasseuse d'esprits se manifeste. La nuit précédente, elle avait réussi à rentrer chez elle sans se faire prendre. Maintenant qu'elle avait entièrement retrouvé la mémoire, elle commençait à percevoir l'énergie spirituelle qui émanait de certains recoins de la maison. La chambre de Michael, le grenier et le sous-sol en particulier. Ces endroits devaient correspondre au territoire de William Bellair.

Au petit déjeuner, Kelly, qui, pour une fois, s'était levée avant midi, détailla avec animation ses plans de shopping de la journée. Harper ricana intérieurement. Voilà qui expliquait pourquoi sa sœur était déjà debout. En glissant un coup d'œil vers Michael, Harper fut frappée par le regard hostile qu'il posait sur leur sœur. Yuna se montrait particulièrement tendre et attentive avec elle depuis l'incident de la souris, et Michael était jaloux. Ou plutôt, rectifia Harper, William l'était.

Rose s'était demandé pourquoi l'horrible garçon fantôme ne s'en était pas plutôt pris à Harper. C'était surprenant, en effet, surtout après l'épisode de l'eau bénite. Mais c'était sans doute dû à la jalousie féroce de William envers Kelly. Harper songea qu'elle devrait mettre sa sœur en garde. Mais après réflexion, elle dut admettre que celle-ci ne la croirait jamais.

À cet instant, Kelly surprit son regard et lâcha un soupir.

– Hé, beignet cannibale, désolée de m'être énervée sur toi. Je me sentais super mal, j'ai dit n'importe quoi. Je sais bien que tu n'aurais jamais mis cette souris dans mon lit. Je me ferai pardonner, OK ?

Harper, surprise, ne put que battre des paupières.

– OK.

– Tu ne m'en veux pas, alors ? lui demanda sa sœur en souriant.

Harper secoua énergiquement la tête pour lui assurer que non.

– Super. On y va, m'man ?

– Je suis prête dans une minute, lui répondit leur mère en fouillant dans son sac.

– Moi aussi, je veux venir, annonça Michael d'une voix forte.

– Eh non. Toi, tu ne viens pas, fit Kelly en lui ébouriffant les cheveux. Tu t'ennuierais à mort.

Il repoussa sa main en lui jetant un regard sombre.

– J'ai dit que je voulais venir.

Yuna eut un instant d'hésitation qui fit hausser le ton à Kelly.

– Quoi ? Ah non, m'man ! Ça va être impossible de faire du shopping s'il vient avec nous !

– Elle a raison, dit Yuna à Michael. Il vaut mieux que tu restes à la maison avec Harper.

Celle-ci se précipita hors de la pièce à l'instant où Michael se mettait à hurler de rage.

Une heure plus tard, le père de Harper rentra du bureau pour s'occuper de Michael et permettre à Yuna de sortir avec Kelly. Harper était restée terrée dans sa chambre, écoutant avec une fascination horrifiée la colère monstre de Michael qui ne donnait aucun signe d'apaisement.

Tandis qu'elle faisait les cent pas en se demandant quand la chasseuse d'esprits allait se décider, Rose l'observait de son perchoir sur le rebord de la fenêtre.

– Il est déjà dix heures trente, soupira Harper. Qu'est-ce qu'elle fabrique ?

Rose écarta les mains dans un geste d'impuissance.

– Il lui reste encore une heure et demie pour venir avant la fin de la matinée, fit-elle observer.

Soudain, les hurlements cessèrent abruptement, et on sonna à la porte presque aussitôt après. Harper dévala l'escalier, juste à temps pour voir son père ouvrir. Au lieu de la mystérieuse chasseuse d'esprits, Harper eut la surprise et la joie d'entendre une voix familière, même si elle ne l'avait pas entendue depuis des années.

– Mamie !

Elle traversa l'entrée comme une flèche pour se jeter dans les bras de sa grand-mère.

– *Omona* ! Ce que tu as grandi, Harper !

Harper rit de joie. *Omona* était l'équivalent coréen de « waouh », et ce mot lui faisait toujours penser à sa grand-mère. Mamie Lee était petite et frêle, et paraissait bien plus jeune que ses soixante et quelques années. Mais ce qu'elle avait de mieux, c'était ses yeux. Lorsqu'elle souriait, c'était dans ses yeux que son sourire naissait.

– Pourquoi tu n'es pas venue nous voir plus tôt ? lui demanda-t-elle.

Un voile de tristesse passa sur le visage de mamie Lee.

– C'est ma faute, Harper. J'ai dit quelque chose qui a fait de la peine à ta mère. Il ne faut pas lui en vouloir.

Elle se hissa sur la pointe des pieds pour serrer Peter contre elle.

– Bonjour, Peter. Comment vas-tu ?

Alors que les adultes se saluaient, Harper s'aperçut que son frère passait la tête par la porte du salon d'un air inexpressif.

– Vous avez raté Yuna et Kelly, mais Michael est là, dit Peter à mamie Lee.

En se retournant, il vit son fils derrière lui.

– Viens, Michael, lui dit-il. Viens dire bonjour à ta grand-mère.

Mais après avoir fixé longuement la vieille dame, le petit garçon tourna les talons et s'éloigna.

– Michael ! Reviens ici tout de suite !

– Laisse, Peter. Ça n'a pas d'importance, dit mamie Lee en prenant la main de Harper. Je dois discuter avec Harper, de toute façon.

– Je ne comprends pas ce qu'il a en ce moment, avoua Peter d'un air désolé. Excusez-moi, je vais lui parler.

De nouveau, Harper serra sa grand-mère dans ses bras. Elle était vraiment heureuse de la revoir.

– Tu veux que je te fasse visiter la maison, mamie ? lui proposa-t-elle.

– Plus tard. Allons d'abord bavarder un peu, toi et moi.

Toute joyeuse, Harper prit l'escalier et conduisit sa grand-mère dans sa chambre. Une fois dans la pièce, la vieille dame fit quelque chose d'étrange. Avant de refermer la porte, elle ouvrit son grand cabas et en sortit un sac de congélation, rempli de ce qui ressemblait à du sel. Elle en prit une poignée qu'elle jeta par terre sur le seuil. Puis elle nota la présence des clochettes suspendues à la poignée et celle de la pochette vide sur la moquette. Elle la ramassa, sortit de son cabas un sachet rempli du même mélange de sel, de fenouil et de sapin que la pochette contenait auparavant, en versa dedans, la referma et l'accrocha avec les clochettes.

Ensuite, mamie Lee s'assit par terre au milieu de la pièce, prit dans son cabas une petite coupe en cuivre et une feuille de papier pliée. Stupéfaite, Harper la vit embraser le papier et prendre la boule de feu entre ses mains. La vieille dame entonna un chant coréen qu'elle psalmodia jusqu'à ce que la feuille soit entièrement consumée. Enfin, elle déposa les cendres dans la coupe, se frotta les mains, et fixa gravement Harper.

– Mme Devereux m'a dit que tu avais besoin de mon aide. Il n'y a pas de temps à perdre. Ton frère court un grave danger.

LE JOURNAL DÉBILE DE HARPER À WASHINGTON

NOTE N° 19

Des trucs que je déteste :

1. Ne pas voir ma grand-mère pendant cinq ans.

2. Que la première rencontre entre mamie Lee et Michael soit gâchée par un sale fantôme.

Mamie Lee m'avait terriblement manqué. Je suis super heureuse de l'avoir retrouvée. Mais je suis aussi soulagée qu'elle soit la réponse à tous nos problèmes. Elle peut sauver Michael ! Si seulement elle était venue nous voir dès notre arrivée dans cette maison ! Elle aurait sans doute pu chasser l'esprit de William avant qu'il puisse s'en prendre à mon petit frère.

Quand je pense à ça, j'en veux à ma mère de ne pas avoir su se réconcilier avec mamie. Mais maintenant, je me souviens qu'elles ont eu une grosse dispute, où elle lui reprochait de me mettre des bêtises dans la tête. C'est à ce moment-là qu'elles ont arrêté de se parler. Et peu après, mamie a cessé de nous rendre visite. Kelly avait raison, finalement. C'est ma faute si mamie a arrêté de venir.

20

LA CHAMANE

Le dixième jour - Mercredi midi

Harper en resta bouche bée. Elle n'arrivait pas à enregistrer le fait que sa grand-mère était la personne qu'elle cherchait pour l'aider.

– Mais je ne comprends pas ! s'exclama-t-elle. Comment peux-tu être la chasseuse d'esprits ?

– Je suis une *mudang*, une chamane, dit mamie Lee. C'est mon travail.

– Mais pourquoi je ne l'ai jamais su ?

– Ça n'a jamais plu à ta mère. Elle est trop rationnelle. Pour elle, tout ça, ce sont des balivernes, des absurdités. Elle ne croit que ce qu'elle voit, et c'est bien dommage.

La vieille dame soupira.

– Et tu peux dire à ton amie qu'elle n'a pas besoin de se cacher. Je la sens qui tourne autour de moi.

Rose se matérialisa à côté de Harper.

– Vous sentez ma présence ?

– Ah, te voilà ! fit mamie Lee. Mais quel joli fantôme ! Et où vis-tu depuis toutes ces années ?

– Dans le miroir de l'entrée.

– Évidemment ! J'avais déjà perçu ta présence. Je t'ai cherchée, quelquefois, mais la mère de Harper n'aime pas que je me serve de mes instruments devant les petits. Comme je savais que tu étais une douce enfant qui ne ferait jamais de mal à ma famille, je t'ai laissée tranquille.

Son regard alla de Rose à Harper et elle sourit.

– Et je m'en réjouis. Je vois que tu as été une bonne amie pour ma petite-fille.

– Rose est ma meilleure amie, confirma Harper.

– Je suis ravie de faire ta connaissance, Rose, dit mamie Lee. Maintenant, Harper, explique-moi ce qui arrive à Michael.

Il fallut presque une heure pour tout raconter, en commençant avant le déménagement, et même avant l'incendie. Mamie Lee fut bouleversée par le récit de l'accident et de l'hospitalisation de Harper. Elle ne comprenait pas que Yuna ne lui ait rien dit, et qu'elle ait demandé à sa fille de ne pas lui en parler.

– Si seulement elle était venue me voir ! s'exclama-t-elle d'une voix peinée. Ma pauvre petite, quand je pense à tout ce que tu as subi… Je suis désolée.

Les yeux de Harper se remplirent de larmes.

– Oh, mamie, si j'avais su tout ça plus tôt, je n'aurais pas eu l'impression d'être anormale depuis toute petite !

La vieille dame serra Harper dans ses bras.

– Qu'est-ce que je devrais dire ! Il n'y a absolument rien d'anormal chez toi, ma petite fille. Simplement, les gens rejettent ce qu'ils ne comprennent pas. Le problème vient d'eux, pas de nous !

– Est-ce que maman nous déteste parce qu'on est différentes ?

Mamie Lee soupira.

– Mais non, elle ne nous déteste pas. Elle déteste ce que nous représentons. Elle refuse de reconnaître l'existence du monde des esprits. Mais cette fois, elle ne va pas avoir le choix. Nous devons sauver Michael de ce fantôme avant qu'il ne soit trop tard.

– Qu'est-ce qui va se passer, mamie ?

Sa grand-mère avait pris un air grave qui l'effrayait.

– Si l'on n'exorcise pas cet esprit pour le chasser du monde des vivants, Michael sera perdu pour toujours.

– Et tu peux l'exorciser ?

– Maintenant que tu m'as donné toutes ces précisions, je sais ce dont j'ai besoin, répondit Mamie en se levant. Le temps que je récupère mes instruments et je serai de retour dans une heure. Mieux vaut agir tant que ta mère n'est pas à la maison.

Harper acquiesça d'un hochement de tête.

– Oui. Elle ne comprendrait pas. Et moi, qu'est-ce que je fais en attendant ?

– Surveille ton frère. Observe s'il y a des changements dans son comportement. Même si la possession semble puissante, il est toujours présent. Il a encore la force de résister. Nous le sauverons.

Elles redescendirent et mamie Lee expliqua à Peter qu'elle avait oublié quelque chose et qu'elle serait bientôt de retour.

Il la regarda partir d'un air gêné, puis se tourna vers sa fille en soupirant.

– Je voudrais vraiment que ta mère fasse la paix avec ta grand-mère, lui avoua-t-il. Mais je ne sais pas si le moment est bien choisi, avec tout le stress qu'elle a subi ces derniers temps.

– Ne t'en fais pas, répondit Harper. Maman rentrera tard. Tu sais comment est Kelly quand elle fait du shopping.

Son père rit et la serra affectueusement contre lui.

Puis Harper remonta dans sa chambre pour y attendre le retour de sa grand-mère. Elle avait beau être inquiète, elle était profondément soulagée de savoir que sa grand-mère pouvait sauver son frère. Mais tout à coup, une étrange angoisse lui donna la chair de poule. En se retournant, elle vit Michael qui se tenait à la porte. Elle ne l'avait même pas entendue s'ouvrir.

Le petit garçon pencha la tête sur le côté dans une attitude qui ne lui était pas habituelle.

– Elle va revenir, la vieille dame ? demanda-t-il.

– Cette vieille dame est notre grand-mère, précisa Harper. Oui, elle va revenir.

– Je ne l'aime pas, déclara-t-il platement.

Une vague de colère s'empara de Harper. Une douleur sourde lui serra la poitrine, l'empêchant de respirer. En temps normal, Michael aurait adoré faire la connaissance de sa grand-mère. Son vrai petit frère lui manquait terriblement.

– Essaie d'être gentil avec elle, lui dit-elle. Elle a hâte de te connaître.

Le faux Michael s'éloigna d'un pas colérique sans prendre la peine de lui répondre.

Presque aussitôt après, la porte d'entrée s'ouvrit et des voix résonnèrent en bas. Harper dévala l'escalier et fut consternée de tomber sur Kelly et sa mère, de retour de leurs courses.

– Vous êtes déjà là ?

– On vous rapporte à manger, dit Kelly en fonçant dans l'escalier pour aller ranger ses sacs de shopping.

Derrière elle, Yuna brandit un sac qui portait le sigle d'une chaîne de fast-food.

– On a pris des nuggets de poulet pour tout le monde ! annonça-t-elle.

Son mari surgit de nulle part pour fondre en ligne droite sur le sac.

– Mmm ! J'ai senti l'odeur du poulet frit à la seconde où vous êtes entrées.

Michael arriva à son tour et se jeta dans les bras de sa mère.

– Maman ! Tu es rentrée ! Tu viens jouer avec moi ?

Yuna le prit dans ses bras en secouant la tête.

– On est juste passées vous déposer de quoi déjeuner. On ne reste pas.

Harper laissa échapper un soupir de soulagement. Avec un peu de chance, elles seraient reparties avant le retour de mamie Lee.

– Non ! T'as pas le droit de me laisser ! se mit à hurler Michael.

À cet instant, Kelly redescendit en courant.

– Ah, ça ne va pas recommencer ! Ne t'occupe pas de lui, maman, on s'en va !

Peter revint du salon et tâcha de libérer Yuna. Mais Michael s'agrippait à elle de toutes ses forces, refusant de lâcher prise.

– Jeune homme, je commence à en avoir assez de ce cirque, déclara son père.

Kelly ouvrit la porte d'entrée en faisant signe à Yuna de la rejoindre. Et, au milieu du tohu-bohu, mamie Lee surgit sur le paillasson en grande tenue de chamane.

Michael se tut instantanément et la fixa avec un mélange de crainte et de haine.

– Mamie ! s'exclama Kelly, stupéfaite.

Avec un cri de joie, elle se jeta dans les bras de sa grand-mère.

– Ce que je suis contente de te voir ! Mais je ne savais pas que tu venais ! Et pourquoi es-tu habillée comme ça ?

Yuna et Peter restaient bouche bée. La vieille dame portait un *hanbok*, le costume traditionnel, composé d'une longue jupe ample et d'une veste. Sous la jupe rouge vif apparaissaient des jupons bleus et blancs. À sa ceinture pendaient, d'un côté, des clochettes et une épée ornementale dans un fourreau, et, de l'autre, un gong miniature en cuivre.

Elle était coiffée d'un chapeau aux motifs complexes, aux bords munis eux aussi de petites clochettes. Et elle tenait dans ses bras un petit tambour coréen et un sac noir. Les clochettes tintèrent délicatement lorsqu'elle franchit le seuil. Michael se couvrit les oreilles avec un cri de douleur. Puis il s'échappa des bras de Yuna et s'enfuit en criant :

– Ne la laissez pas m'attraper !

– Maman ? Qu'est-ce que tu fais là ? demanda Yuna froidement.

– Ce n'est pas une manière très polie d'accueillir ta mère, observa mamie Lee.

– J'aurais été plus heureuse de te voir si tu n'avais pas été dans cette tenue ridicule qui fait peur à mon fils.

– Ridicule ? Comment peux-tu parler ainsi du costume de tes ancêtres ? Tu peux rejeter ton héritage autant qu'il te plaira, ton visage ne cachera pas qui tu es ! Tu es coréenne, tu ne devrais pas en avoir honte !

– Je n'ai pas honte d'être coréenne, seulement d'être ta fille !

Kelly étouffa un cri de surprise horrifié. Harper, furieuse, s'écria « Maman ! » tandis que Peter disait :

– Yuna ! Tu vas trop loin !

Mamie Lee, qui, jusque-là, s'était tenue bien droite avec une certaine fierté, sembla soudain se recroqueviller et rapetisser.

– Je suis vraiment désolée que tu ne comprennes pas ce que je fais, murmura-t-elle.

– Ce que tu fais ? Et que fais-tu donc ? À part essayer de persuader les gens de l'existence des fantômes ? Te faire passer pour une voyante capable de prédire l'avenir…

– C'est faux ! Je suis une *mudang* ! Je protège les gens !

– Toi, protéger les gens ? Il faudrait les protéger de toi, oui ! Tu leur fais croire que tu peux alléger leur chagrin en les mettant en contact avec leurs proches qui sont morts, mais ce n'est que du bluff !

Mamie Lee fit un pas en avant en tendant la main vers sa fille.

– Yuna, si c'est de ton père que tu parles, je sais bien que tu aurais aimé lui parler une dernière fois. Je sais que tu aurais voulu lui dire combien tu regrettais. Mais il était impossible d'entrer en contact avec lui. Il était déjà passé dans l'au-delà. Et il savait que tu l'aimais. Il l'a toujours su. Il n'avait pas besoin que tu le lui dises.

Yuna dégagea son bras avec fureur et recula.

– Ne me parle pas de mon père ! Jamais !

Elle se tut et se détourna un instant avant de reprendre :

– Écoute, maman, je ne peux pas te voir maintenant. Je ne suis pas prête. Je croyais l'être, mais c'est encore trop tôt. Je suis désolée. Pars, s'il te plaît.

– Non ! s'écria Harper. Mamie doit rester ! Elle doit sauver Michael ! Il est en danger !

Pendant quelques secondes, Yuna resta comme abasourdie.

– Comment oses-tu remplir la tête de Harper de ces mensonges ? s'exclama-t-elle enfin. Je t'ai déjà dit que je ne te laisserais pas faire. Je veux que tu t'en ailles !

« C'est impossible, songea Harper. Cette scène ne peut pas être en train de se dérouler. »

Kelly était restée pétrifiée près de la porte, tandis que leur père était trop ébahi pour réagir. D'un air résigné, mamie Lee se retourna pour partir. Harper regarda

Michael du coin de l'œil et le vit sourire avec satisfaction depuis la cuisine.

Elle sortit en courant.

– Moi, je viens avec toi ! lança-t-elle à sa grand-mère en lui prenant le bras.

– Harper, reviens ici tout de suite ! la rappela sa mère.

Harper fit volte-face et la dévisagea.

– Je suis comme grand-mère, affirma-t-elle. Si tu ne la comprends pas, tu ne pourras jamais me comprendre non plus.

Puis elle rejoignit une mamie Lee à l'air déprimé.

– Mamie, on n'a pas le temps de s'inquiéter pour maman, dit-elle. L'urgence, c'est de trouver comment aider Michael.

Sa grand-mère monta tristement dans sa voiture en approuvant d'un signe de tête. Harper prit place sur le siège passager et boucla sa ceinture.

Les parents de Harper sortirent de la maison en appelant leur fille. Mais déjà, mamie Lee démarrait et s'éloignait sans s'occuper d'eux.

– Je savais que ta mère m'en voulait, murmura-t-elle, abattue. Mais je n'avais jamais réalisé à quel point.

– Tu as parlé de grand-père. Qu'est-ce qui s'est passé ?

Mamie se concentra un moment sur sa conduite avant de répondre :

– Tu ne l'as jamais connu, mais c'était un homme formidable. Ta mère et lui étaient très proches. Il était fou d'elle. Mais adolescente, Yuna était une tête de mule, comme lui. Un jour, ils se sont disputés et elle a fugué. Son père est parti à sa recherche et il s'est fait renverser par un chauffard ivre. Yuna s'était réfugiée chez une amie le temps de se calmer. Quand elle est revenue, son père était mort. Elle m'a suppliée encore et encore de la mettre en contact avec son esprit. Pour pouvoir lui demander pardon. Mais l'esprit de son père n'était déjà plus là. Il était en paix dans l'au-delà. Je le lui ai dit, mais elle n'a pas voulu m'écouter. Du jour au lendemain, elle a décidé que les fantômes n'existaient pas et que mon don n'était pas réel.

– Ce n'est vraiment pas juste ! S'en prendre à toi pour une erreur qu'elle a commise !

– Bah, soupira sa grand-mère. Elle n'avait que seize ans. Dans son esprit, si les fantômes existaient, elle ne pouvait pas comprendre que son père ne s'arrange pas pour la voir une dernière fois. C'était plus facile de se dire qu'ils n'existaient pas, plutôt que d'admettre que son père bien-aimé soit parti sans lui dire au revoir.

Un élan de compassion s'infiltra dans le cœur de Harper. Ces événements expliquaient pour beaucoup le fonctionnement et les réactions de sa mère.

– Mais c'était il y a super longtemps. Vous vous êtes disputées à propos de quoi il y a cinq ans ?

La voiture s'arrêta à un feu rouge et mamie Lee tapota la main de sa petite-fille.

– Te souviens-tu quand tu avais sept ans et que tu es tombée gravement malade ?

– Oui, il me semble. Papa a dit que c'était un cas grave de grippe.

Le feu passa au vert et la voiture repartit.

– Ce n'était pas la grippe, mais un esprit malintentionné, déclara mamie Lee.

Harper écarquilla les yeux de surprise.

– Quoi ? Comment ça ?

– Ta mère a une passion pour les antiquités. J'ai toujours insisté pour qu'elle fasse attention à ce qu'elle rapportait chez elle. Les esprits et les démons s'attachent aux objets qui ont un sens pour eux, comme ton amie Rose avec son miroir. Tu sais qu'autrefois, on couvrait les miroirs avec des couvertures pour empêcher les esprits de rester piégés dedans ?

– Mais Rose n'est pas malint… enfin, comme tu as dit ! s'indigna Harper.

– Non, je sais bien. Elle est adorable. Mais l'esprit attaché au coffret à bijoux que ta mère avait acheté, lui, était malfaisant. Et il t'a rendue très malade.

– Qu'est-ce qui s'est passé exactement ?

Mamie Lee se tut quelques instants, occupée à manœuvrer dans les rues encombrées.

– Ta mère n'a pas voulu me croire, répondit-elle enfin. Elle a dit que tu avais la grippe. Mais je voyais bien que ton état ne s'améliorait pas. J'ai commencé par emporter le coffret à bijoux. Mais ça n'a pas suffi. L'esprit s'était déjà accroché à toi, il absorbait ton énergie et ton aura. J'ai été forcée de pratiquer un exorcisme. En principe, ce n'est pas compliqué. Mais j'avais sous-estimé le pouvoir de l'esprit.

Tandis que sa grand-mère parlait, Harper visualisa brusquement la scène. Elle était dans son lit et elle pleurait.

– Je me souviens, dit-elle. Ça me faisait mal.

– Oui. Pendant l'exorcisme, tu te grattais le visage violemment et tu te tapais la tête contre le mur. Quand j'ai enfin réussi à chasser l'esprit, tu étais couverte de bleus et d'écorchures. Ta mère était choquée, et ça se comprend. Quand elle t'a demandé ce qui s'était passé, tu lui as dit que je t'avais débarrassée du fantôme qui te faisait du mal.

L'image lui revint dans un éclair : sa mère en train de hurler sur sa grand-mère, l'accusant déjà de bourrer de sottises la tête de Harper. Maintenant, Harper comprenait de quoi elle parlait.

– Elle était folle de rage…

– C'est parce qu'elle ne comprend pas, soupira mamie Lee.

Il y eut un long silence, pendant lequel elles restèrent plongées chacune dans ses pensées.

– Ça explique la réaction de maman, dit enfin Harper. Mais ça ne veut pas dire que je lui pardonne de t'avoir empêchée de nous voir pendant si longtemps. Ça fait cinq ans ! Tu m'as tellement manqué !

– Toi aussi, tu m'as manqué.

– Et si elle nous empêche d'aider Michael, je ne lui pardonnerai jamais.

– Tu as raison, approuva sa grand-mère. Il faut qu'on se concentre sur le problème de ton frère.

Un quart d'heure plus tard, la voiture s'arrêta devant une petite maison blanche à l'ancienne, aux fenêtres à petits carreaux et aux volets gris.

– On est arrivées ? demanda Harper. Mais pourquoi on n'est jamais venus te voir ? Pourquoi c'était toujours toi qui venais chez nous ?

Mamie Lee haussa les épaules.

– Bah, ça ne me dérangeait pas. J'ai l'habitude de voyager pour mon travail. Et j'en profitais pour passer voir ta tante Youjin dans le New Jersey.

La grand-mère et la petite-fille descendirent de voiture et se dirigèrent vers la maison.

– Mais la vraie raison pour laquelle Yuna ne voulait pas que vous veniez se trouve ici, à l'intérieur.

Elle tourna la clé dans la serrure et entra, et Harper fut aussitôt frappée par l'odeur d'encens et de citron.

Alors qu'elles enlevaient leurs chaussures dans l'entrée, un petit chien arriva en trottinant et en remuant la queue frénétiquement.

– Monty !

C'était un adorable yorkshire aux longs poils noirs et roux. Harper s'assit par terre et le laissa monter sur ses genoux pour lui lécher la figure.

– Il se souvient de toi ! dit mamie Lee. Allez, Monty, laisse un peu Harper tranquille.

Aussitôt, le petit chien sauta des genoux de Harper pour aller s'asseoir sagement à côté de sa maîtresse.

Le salon était meublé de deux canapés beiges, un grand et un plus petit, disposés face à face. Ils étaient séparés par une longue table basse munie de plusieurs tiroirs sur les côtés. Au-dessus du canapé trônait une vieille photo de famille qui représentait mamie Lee, son mari et deux petites filles. Harper faillit ne pas reconnaître sa mère et sa tante. D'autres photos ornaient une table calée contre le mur opposé, sur lequel était fixée une croix. Harper fut étonnée de découvrir un écran de télévision géant, nettement plus grand que celui qu'il y avait chez elle.

Sa surprise fit sourire Mamie Lee.

– C'est un client qui m'a offert cette télé pour me remercier, expliqua-t-elle. Comme ça, maintenant, je peux regarder mes séries coréennes en haute définition.

– Waouh ! Ils te font de super cadeaux, tes clients !

Mamie Lee posa ses affaires sur la table de la salle à manger et se dirigea vers la cuisine.

– Je ne demande rien pour mon travail. Les gens me donnent ce qu'ils peuvent, parfois de l'argent, parfois autre chose.

Elle fouilla dans le réfrigérateur et revient avec un bol de kakis orange vif.

– Tiens, mange. Ce que tu t'apprêtes à faire réclame de l'énergie.

– Moi ? Et je vais faire quoi ? C'est toi qui dois sauver Michael.

Mamie Lee éplucha un kaki et commença à le déguster.

– Ta mère ne me laissera pas entrer chez vous. C'est à toi d'intervenir. Je vais te montrer comment t'y prendre.

– Mais je n'y arriverai jamais ! s'exclama Harper. Je ne suis qu'un enfant !

Elle enfourna distraitement une bouchée de kaki, et trouva le fruit tout à fait délicieux. Monty le gourmand revint se camper en face d'elle et la fixa en tirant la langue.

– As-tu oublié que tu avais le don de voir les esprits et de leur parler ? C'est un grand pouvoir. Je vais t'apprendre comment t'en servir pour vaincre le fantôme. Viens avec moi.

Harper se dépêcha de finir son kaki et suivit sa grand-mère dans l'étroit couloir. Monty les regarda s'éloigner avec un petit gémissement.

– Pourquoi est-ce qu'il ne vient pas ? s'étonna Harper.

– Il n'aime pas beaucoup l'endroit où nous allons.

Elles entrèrent dans une petite pièce, et Harper eut l'impression de pénétrer dans un autre monde. Mamie Lee alla s'agenouiller devant un grand autel sculpté. Elle alluma plusieurs bâtons d'encens et entonna une incantation. Sur l'autel s'alignaient de grandes coupes en cuivre, des bouteilles de rhum, et même une assiette remplie de bonbons. Harper vit aussi un éventail, un tambour en cuivre avec ses baguettes, des cymbales et des bouquets de fleurs dans des vases. Derrière, le mur était couvert de portraits colorés de personnages d'autrefois. De chaque côté de l'autel étaient exposés des costumes coréens : à droite, un *hanbok* d'enfant ainsi qu'un *hanbok* royal, et deux *hanbok* d'homme sur le mur de gauche. Par terre, reposait un gros *janggu*, un tambour à deux faces en forme de sablier.

Harper était en train de regarder les tableaux lorsqu'une voix de velours déclara tout près de son oreille :

– Ces portraits représentent les anciens dieux coréens, même s'ils ne leur font sûrement pas honneur.

En tournant la tête, Harper découvrit Mme Devereux qui flottait à côté d'elle.

– Sanshin, le dieu des montagnes, Badashin, le dieu des océans, et la princesse Bari, la première *mudang* qui a existé, ajouta l'esprit. Il faut avouer que celui qui a peint ces tableaux n'était pas très doué. On ne me fera pas croire que ces dieux ont tous le même visage aux joues tombantes. Si le père Rios, le prêtre de l'église de ta grand-mère, connaissait l'existence de cette pièce, je pense qu'il la ferait excommunier de ce pas.

– Bonjour madame Devereux, intervint mamie Lee avec un sourire amical. C'est vrai que vous vous connaissez déjà, toutes les deux.

– Ce fut un grand plaisir pour moi de rencontrer la petite-fille talentueuse de Madame, dit Mme Devereux en inclinant la tête. Après toutes ces années, je me réjouis que vous ayez enfin trouvé une apprentie, qui plus est de votre propre famille.

– Pas seulement une, rectifia mamie Lee. Michael possède le don, lui aussi. C'est pourquoi la possession qu'il subit est aussi forte.

– Mais tu as dit qu'on pouvait le sauver, s'inquiéta Harper, ne pensant qu'à la sécurité de son petit frère.

– En effet. C'est pour cela j'ai fait appel à Mme Devereux. Ta mère peut m'empêcher d'entrer chez vous, mais elle ne pourra pas arrêter Mme Devereux.

L'esprit sourit à Harper d'un air qui ne la rassura pas particulièrement.

– Sans vouloir être impolie, mamie, reprit Harper, que fait-elle pour toi ?

– Elle est mon guide dans le monde des esprits, et ce depuis quarante ans. C'est l'une des meilleures. Je serais perdue sans elle.

Tout en parlant, la vieille dame s'affairait autour de l'autel, prenant des objets ici et là.

– J'apprécie le compliment, mais c'est tout à fait vrai, approuva Mme Devereux. Je fais partie des alliés les plus puissants de ta grand-mère dans le monde des esprits. Toi et ton frère, vous pouvez compter sur mon aide.

Cette fois, Harper fut rassurée par la bonté qu'elle lisait sur le visage de l'esprit. Malgré le côté intimidant du fantôme, l'instinct de la jeune fille lui disait qu'elle pouvait lui faire confiance.

Ayant rassemblé tout ce dont elle avait besoin, mamie Lee s'assit par terre en face de Harper tandis que Mme Devereux flottait à côté d'elle.

Puis la vieille dame étala sur le sol un foulard coréen de toutes les couleurs, disposa dessus trois coupes en cuivre, deux cloches et ce qui ressemblait à un bâton à grelots, comme ceux qu'on utilise à l'école pour faire de la musique. Le manche se séparait en deux branches sculptées en forme de têtes de dragon, et chacun tenait dans sa gueule une rangée de six clochettes têtes de tigre. Elle posa à côté une petite pile de feuilles de papier soigneusement pliées, un briquet, un gros pot de sel de mer et une bouteille en plastique remplie de ce qui ressemblait à de l'eau.

– Afin de chasser l'esprit malin du corps de ton frère, lui dit sa grand-mère, tu dois utiliser chacun de ces objets. Ceci, ajouta-t-elle en prenant le bâton à grelots, ce sont des grelots de *mudang*, les instruments de toutes les *mudang* coréennes. Ils invoquent les esprits. Tu dois bien veiller à nommer l'esprit que tu invoques, ou tu pourrais vite te retrouver submergée par d'autres morts. Tu ne dois pas t'en servir tant que tu n'es pas prête à chasser l'esprit du corps de Michael.

Harper frissonna à ces paroles, mais mamie Lee ne s'en aperçut pas. Elle posa ensuite les coupes devant sa petite-fille.

– Voici tes trois coupes de purification. Elles te serviront à prendre l'esprit au piège.

Mamie Lee prit une feuille de papier, l'alluma au-dessus de la coupe du milieu et attendit qu'elle se soit consumée entre ses mains pour laisser tomber les cendres dans le récipient.

Puis elle prit la bouteille et versa du liquide dans les deux autres coupes.

– C'est de l'eau bénite, consacrée par les prêtres de Notre-Dame-de-la-Miséricorde.

– Tu utilises de l'eau bénie par des catholiques dans un rituel chamanique ?

– Ceci n'est pas un rituel chamanique, objecta sa grand-mère. C'est l'exorcisme d'un esprit malin, qui dépasse les frontières entre les religions. Nous devons faire appel aux pouvoirs de tous les rituels pour le vaincre.

Mamie Lee posa alors les deux cloches à côté des coupes d'eau bénite.

– Ces cloches reposent sur les principes bouddhistes de la sagesse et de la vérité.

Elle les fit sonner une fois chacune. La « sagesse » avait un son intermédiaire cristallin. La « vérité » avait un son plus grave.

– La Sagesse ouvre les voies spirituelles. Or la connaissance donne le pouvoir. La Vérité révèle ce qui est caché, et un esprit ne peut rester caché du son de la vérité. Les esprits malins craignent le son de ces cloches ; il les immobilise si l'on y associe la bonne formule. En faisant tinter la cloche de la Sagesse, il faut dire ceci : « Par le pouvoir de l'Ancien, je t'entrave. Tu ne feras plus le mal. » En faisant tinter celle de la Vérité, la formule est : « Par le pouvoir de l'Honorable, je t'entrave. Tu ne feras plus le mal. » Et tu dois répéter ces phrases encore et encore jusqu'à affaiblir l'esprit. S'il a pris possession de Michael, tu dois utiliser tes grelots de *mudang* pour le forcer à quitter son corps. Et une fois qu'il est sorti, il faut dire : « Quitte ce monde. Regagne le royaume des morts. Je te libère ! » Ce n'est qu'alors qu'il sera vaincu.

– Mais comment saurai-je s'il est assez affaibli ? demanda Harper.

Sa voix aiguë la surprit elle-même. La peur qui s'insinuait dans ses veines depuis que sa grand-mère lui avait dit qu'elle devrait pratiquer l'exorcisme menaçait de virer à la panique.

À côté d'elle, Mme Devereux scintilla.

– Ne t'inquiète pas, petite chasseuse d'esprits. Lorsque le moment sera venu, tu le sauras.

Ces paroles réconfortèrent quelque peu Harper, sans dissiper entièrement son appréhension. Elle fixa les objets que mamie Lee était en train de ranger dans un sac.

– Et le sel ? demanda-t-elle. À quoi sert-il ?

– Oh là là ! Comment ai-je pu l'oublier ? Avant de faire quoi que ce soit, tu dois tracer un cercle de sel autour de toi pour te protéger contre l'esprit.

– Le sel va me protéger ?

– C'est l'une des substances les plus pures qui existent. Les esprits malins le redoutent beaucoup.

Harper hocha la tête.

– Et est-ce que je dois porter un *hanbok* comme toi, mamie ?

L'esprit rit, et mamie Lee sourit.

– Non, ma chérie. C'est ma manière de faire à moi, ancrée dans la culture des *mudang* coréennes. Toi, tu n'es pas une chamane. Tu es une jeune chasseuse d'esprits dans un pays jeune. À toi de trouver la manière qui te convient.

– Mais tous ces objets que tu me donnes, ils vont marcher même si je ne suis pas une *mudang* ?

Mme Devereux vint se placer en face d'elle en flottant dans les airs.

– Confiés à quelqu'un d'autre, ces objets ne serviraient à rien. Mais entre les mains d'une puissante chasseuse d'esprits, ils deviennent des armes puissantes. Et tu as la capacité requise.

– Comment le savez-vous ?

– Parce que je perçois ton pouvoir, répondit Mme Devereux. Tu as su invoquer tout un cimetière de fantômes. Tu les as convaincus de t'aider, puis tu m'as invoquée, moi. Ce sont les actes d'une puissante chasseuse d'esprits. Tu dois canaliser ton énergie spirituelle, la force pure qui te permet de nous voir. Et lorsque tu seras en face de cet esprit, si tu as besoin de moi, je serai là, tout près.

Mamie Lee fit signe à Harper de s'éloigner de l'autel

et de sortir de la pièce. Dès qu'il les vit revenir, Monty se mit à aboyer en tournoyant sur lui-même.

– Il est temps que tu partes, maintenant, dit la vieille dame. Tout ce qu'il te faut se trouve dans ce sac. Quand tu seras de retour chez toi, cherche un endroit où tu ne seras pas dérangée et commence le rituel de purification. Puis, invoque Mme Devereux. Évite de la faire venir trop tôt, tu perdrais l'avantage de l'effet de surprise. Allez, mets tes chaussures.

– Mais, mamie, comment je peux rentrer toute seule ?

À cet instant, on sonna à la porte. Monty aboya et fila se cacher derrière Harper.

Mamie Lee ouvrit la porte. Le père de Harper se tenait sur le seuil.

– Tu en as mis, du temps, remarqua-t-elle. Tu t'es perdu en route ?

– Mon GPS m'a fait prendre le chemin le plus long, répondit-il d'un air penaud. Je ne sais pas ce qui lui a pris.

Mamie Lee décocha un clin d'œil à sa petite-fille.

– Comme c'est étrange…

– Je suis désolé pour Yuna, reprit Peter. Elle est très stressée en ce moment.

– Oh, inutile de t'excuser pour elle, Peter. Je connais bien ma fille. Je comprends. Tu peux ramener Harper, maintenant.

Après avoir serré sa grand-mère dans ses bras et fait un câlin d'adieu à Monty, Harper prit le sac et courut à la voiture de son père. Peter y monta à son tour et programma le GPS.

– Espérons que nous n'aurons pas de problème cette fois, marmonna-t-il.

– Ne t'en fais pas, lui dit Harper. Je suis sûre que tout ira bien.

LE JOURNAL DÉBILE DE HARPER À WASHINGTON

NOTE N° 20

Un truc que je déteste :

1. Avoir peur.

21

LA LUTTE POUR MICHAEL

Le dixième jour - Mercredi après-midi

À la maison, c'était le chaos. Kelly était en pleine crise d'hystérie. Du sang coulait de son nez et d'une profonde entaille sur son front.

– Mais qu'est-ce qui s'est passé ? cria Peter en se précipitant pour soigner sa fille.

– Michael est devenu fou de rage quand Kelly a dit qu'on repartait faire du shopping, lui expliqua Yuna. Il lui a écrasé son camion de pompiers sur le visage et il s'est sauvé. Il se cache quelque part dans la maison. J'allais appeler le SAMU.

– Ça ira plus vite si je la conduis moi-même à l'hôpital, dit Peter. Toi, tu restes là et tu retrouves Michael.

– Non ! s'écria Kelly entre deux sanglots en s'agrippant à sa mère. Maman vient avec nous !

Harper poussa son père vers la porte.

– Allez-y tous les trois, papa, ça va aller.

– Et s'il s'en prenait aussi à toi ? s'inquiéta-t-il.

Elle secoua la tête.

– Kelly ne s'y attendait pas, alors que moi, je ferai attention. Et il n'a que cinq ans, je te rappelle.

– Peter, il faut qu'on y aille, le pressa Yuna en emmenant doucement Kelly à l'extérieur.

Juste avant de sortir, celle-ci se retourna vers sa sœur.

– Sois prudente, Harper, lui dit-elle, en larmes. Il y a vraiment quelque chose qui ne va pas chez Michael.

Et elle sortit avant que Harper ait eu le temps de lui répondre.

– Je les dépose et je reviens tout de suite, précisa Peter. Ça me prendra moins d'une heure. Surveille ton frère si tu le peux, mais ne t'approche pas de lui.

Il serra brièvement sa fille dans ses bras et sortit à son tour. Tandis que Harper regardait la voiture s'éloigner par la fenêtre, Rose apparut à côté d'elle.

– Il est dans sa chambre, lui murmura-t-elle. Et il sait ce que tu comptes faire.

À cet instant, un liquide noir se mit à goutter des murs et les lumières clignotèrent à un rythme rapide. Rose se rapprocha d'elle, et Harper se prit à regretter que son amie ne soit pas une fille en chair et en os. Son soutien physique n'aurait pas été de trop.

Elle avala sa salive et commença à monter l'escalier, en se tenant à distance des murs, d'où suintait une espèce de boue agitée de frémissements.

– Il essaie de te faire peur, dit Rose. Quelles sont les instructions de ta grand-mère ?

– Elle m'a donné des cloches... souffla Harper, trop paniquée pour entrer dans les détails.

– Bon. Je ne sais pas ce que tu es censée en faire exactement, mais c'est peut-être le moment de t'en servir.

– De quoi as-tu peur ? s'exclama Harper. Tu es un fantôme ! En principe, les autres esprits ne peuvent pas te faire de mal.

– En fait, on ne sait pas vraiment, répondit son amie. Ce fantôme-ci est vraiment malfaisant.

– Tais-toi ! J'ai déjà assez peur comme ça...

– Pardon.

Soudain, un cri aigu leur perça les tympans et une rafale de vent fouetta les cheveux de Harper dans tous les sens. Au même moment, la température chuta si bas que l'haleine de Harper forma des petits nuages devant sa bouche.

Alors qu'elle atteignait le tournant de l'escalier, Rose se volatilisa avec un grand cri. Harper aurait bien voulu pouvoir en faire autant. Sur la marche suivante gisait un cadavre en décomposition, grouillant de vers. La moitié de son visage était rongée jusqu'à l'os tandis que l'autre présentait une pellicule de peau gris-vert.

Était-ce le moment d'invoquer Mme Devereux ? Était-ce maintenant qu'elle serait la plus utile ?

Harper resta pétrifiée, tandis que les mains décomposées du cadavre se tendaient vers son cou.

– Vite, Harper ! s'écria la voix de Rose. Les cloches de ta grand-mère !

D'une main tremblante, Harper prit une cloche dans le sac, sans prendre le temps de regarder laquelle, et la secoua à toute force devant le visage du cadavre. Face à ce vacarme, celui-ci explosa et disparut. Harper avait fait sonner la cloche de la Sagesse. Le ventre noué par la peur, elle continua à faire tinter la cloche à chaque marche, faisant reculer le froid pas à pas. Le temps qu'elle arrive en haut, elle agitait la cloche à un rythme régulier. Puis, se tournant vers la pièce la plus froide de la maison, elle arrêta son geste et fixa avec horreur ce qui se passait autour d'elle.

On aurait dit que le couloir s'étirait sous ses yeux et que les murs saignaient. Des bras de squelettes pâles sortant des parois sanguinolentes se tendaient pour l'attraper. Une voix sinistre tonna :

« Va-t'en ! Tu n'es pas la bienvenue ici ! Si tu approches encore, je te tue ! »

C'était la voix de Michael, mais en plus âgé et en bien plus effrayant.

Tous les instincts de Harper lui commandaient de fuir. Mais le souvenir de son petit frère, de son vrai frère, raffermit son cœur et força ses jambes à avancer.

Elle revit Michael qui courait en cercles en riant comme un fou et en s'exclamant : « Essaie de m'attraper, Harper ! » alors qu'elle n'avait qu'à tendre les bas pour le saisir. Elle se souvint qu'en la voyant revenir de l'hôpital tout emmaillotée dans les bandages et les plâtres, Michael s'était enroulé le bras dans du papier toilette comme une momie pour être comme elle. Puis il avait grimpé dans son lit et lui avait fait un gros câlin. Elle revoyait encore son petit visage doux qui s'approchait pour lui faire un bisou mouillé, en lui disant de sa voix rauque de petit garçon : « C'est toi que j'aime le plus fort. »

– Non ! cria-t-elle. Je veux retrouver mon frère !

La maison trembla et une rafale tourbillonnante balaya le couloir, décrochant les cadres des murs. Un fauteuil vola vers elle depuis la chambre de ses parents.

– Attention ! s'exclama Rose en se matérialisant.

Elle écarta Harper juste avant que le lourd fauteuil n'aille s'écraser derrière elles contre le mur.

Harper agita la cloche de plus belle et cria dans le vent :

– Tu ne l'auras pas ! Mikey, je viens te chercher !

Elle était presque arrivée devant la chambre de son frère. Les bras qui sortaient des murs continuaient à essayer de l'attraper par les cheveux pour la retenir. Un rai de lumière vive filtrait sous la porte en clignotant.

Alors qu'elle avançait la main vers la poignée, celle-ci se changea en une grosse tête de serpent, qui fit mine de la mordre. Le choc lui fit lâcher la cloche et le sac. Aussitôt, des mains la tirèrent pour l'attirer dans le mur. Elle se débattit désespérément pour récupérer sa cloche, sans réussir à l'atteindre.

– Au secours ! Rose, aide-moi !

Celle-ci arriva aussitôt et poussa la cloche vers Harper, qui s'en empara et la secoua furieusement.

– Lâchez-moi ! lança-t-elle d'une voix forte.

Les mains s'évaporèrent et Harper et Rose se retrouvèrent seules dans le couloir.

– Merci, dit Harper à son amie. Maintenant, reste cachée jusqu'à ce que je t'appelle.

Rose hocha la tête d'un air décidé et son image se dissipa.

Harper se força à avancer. La tension dans ses muscles et les tiraillements dus aux points de suture dans son bras lui arrachèrent un grognement. C'était étonnant comme la peur pouvait amplifier la douleur. La poignée de porte avait retrouvé son aspect normal, mais l'étrange lumière qui filtrait par à-coups sous la porte était toujours là.

– Je viens te chercher, Michael, murmura Harper.

Elle tourna la poignée et entra.

Au milieu de la pièce se tenait la silhouette spectrale de William. Il avait la même apparence que dans les visions de Harper, à part ses yeux, presque entièrement noirs, qui luisaient d'une intensité venimeuse. Harper inspecta rapidement la chambre du regard et vit Michael profondément endormi dans son lit.

– Ce n'est pas juste, déclara William. Mère l'a toujours préféré !

Harper s'agenouilla en posant son sac devant elle. Furtivement, elle sortit les coupes, le bâton à grelots et les cloches et les disposa par terre derrière le sac.

– Tu parles de ton petit frère Jonathan ? demanda-t-elle. Je ne sais pas si c'était vraiment son préféré. Je pense plutôt qu'elle se faisait du souci pour lui, parce qu'il se blessait souvent. (« Par ta faute », songea-t-elle.) Les mères n'ont pas de préférés.

Un sourire sournois apparut sur le visage de William.

– Ta mère aime Kelly plus que toi, répliqua-t-il. Tout le monde peut le voir. Elle ne t'aime pas du tout.

Harper inspira et ferma les yeux.

– Ce n'est pas très gentil de dire ça. C'est pour ça que tu as fait du mal à Kelly ? Parce que tu penses que ma mère la préfère ?

Tout en parlant, elle sortit la bouteille d'eau bénite, le briquet et le papier, qu'elle cacha sous le sac.

– Je la déteste ! Elle me vole ma maman !

La chambre s'assombrit.

Vite, Harper remplit d'eau deux des coupes cachées derrière le sac.

– Ce n'est pas ta maman, William. C'est la mienne. Ta mère et ton frère sont morts il y a longtemps.

Les lumières clignotèrent et toute la maison fut prise d'une sorte de frémissement.

– Tu es comme tous les autres, gronda le garçon. Tu veux me prendre ma maman ! Mais je ne te laisserai pas faire !

Harper était enfin prête. C'était sans doute le bon moment pour appeler l'esprit guide. Elle fit tinter son bâton à grelots.

– Mme Devereux, je vous invoque ! lança-t-elle.

Aussitôt, l'air se chargea d'électricité et un vent tiède emplit la chambre.

– À ton service, ma chère petite, répondit l'esprit en se matérialisant dans la pièce.

Le garçon montra les dents d'un air rageur.

Sans le quitter des yeux, Mme Devereux s'approcha de Harper en flottant.

– Cet esprit a quelque chose de particulier, lui glissa-t-elle. Vite ! Dépêche-toi de commencer le rituel de purification !

Les mains tremblantes, Harper alluma le papier et le laissa brûler au-dessus de la coupe vide.

– Petite ! Tu as oublié de répandre le sel autour de toi ! s'exclama Mme Devereux.

Harper sursauta et tendit la main vers le sel ; mais William s'était volatilisé. Soudain, elle sentit des doigts froids s'enrouler autour de son cou et écraser ses cordes vocales.

– Harper ! Il est derrière toi ! s'écria Rose. Lâche-la, espèce de monstre !

La silhouette désincarnée de Rose se jeta sur William et tous deux s'élevèrent vivement dans les airs.

Ainsi libérée, Harper se hâta de tracer le cercle de sel et commença ses incantations en faisant sonner les cloches.

– Par le pouvoir de l'Ancien, je t'entrave. Tu ne feras plus le mal. Par le pouvoir de l'Honorable, je t'entrave. Tu ne feras plus le mal.

Et elle répétait la formule en faisant tinter les cloches.

Avec des cris de rage, le garçon fantôme brisa en mille morceaux les vitres des fenêtres dont de gros fragments volèrent droit sur Harper. Les tessons allèrent se ficher dans le mur. Soudain, la pièce s'embrasa et la température grimpa en flèche.

Saisie par des visions du feu dans le collège, Harper recula dans un mouvement de panique.

– Ne t'arrête pas ! lui cria Mme Devereux. Ce feu n'est pas réel !

En inspirant à fond, Harper se redressa et raffermit sa prise sur les cloches. Le front couvert de sueur, elle se remit à réciter son incantation en continuant à faire tinter les cloches.

À la septième répétition, la silhouette de William commença à s'estomper par intermittence.

– Arrête ! geignit le garçon. Tu me fais mal ! Je veux ma maman !

De nouveau, des mains serrèrent la gorge de Harper, l'empêchant de parler. William se tenait toujours à deux mètres d'elle, ses yeux noirs écarquillés, son visage livide déformé par la colère. En regardant autour d'elle, Harper s'aperçut qu'elle avait brisé le cercle de sel avec son pied.

– Lâche-la ! s'écria Rose en s'attaquant de nouveau au garçon.

Mais l'esprit malin était plus fort qu'elle et la repoussa hors de la pièce.

Tout à coup, la pression s'apaisa et William se changea en un garçon normal.

– Maman ? demanda-t-il d'un air innocent et tout étonné. C'est vraiment toi ?

Le cou endolori, Harper tourna la tête et découvrit la silhouette vaporeuse de la femme qu'elle avait observée dans les visions de la vie de William. Comment était-ce possible ?

– William, mon chéri ! s'exclama le nouveau spectre en tendant les bras.

– Maman ! Tu es revenue me chercher ! fit William en flottant vers elle d'un air radieux.

Alors, le fantôme de la mère regarda Harper bien en face et lui cria, avec la voix de Mme Devereux :

– Maintenant, petite !

Ce n'est qu'alors que Harper réalisa qui était réellement cette apparition.

William s'immobilisa.

– Maman ?

Le bonheur qui se lisait sur son visage laissa place à la furie.

– Tu n'es pas ma mère !

À cette seconde, Harper refit tinter ses cloches. Cette fois, elle ouvrit son esprit au royaume des morts, tout comme elle l'avait fait dans le cimetière. Elle se concentra profondément et alla puiser dans le pouvoir ancien en faisait appel à tous ses sens.

– Par le pouvoir de l'Ancien, je t'entrave. Tu ne feras plus le mal. Par le pouvoir de l'Honorable, je t'entrave. Tu ne feras plus le mal.

Ces paroles étaient maintenant chargées du pouvoir qu'elle tirait du monde des esprits. Une lampe traversa les airs et frôla sa tête. Mme Devereux la fit disparaître d'un geste de la main comme un vulgaire moucheron.

– Ne t'arrête pas, lui intima-t-elle.

Des petites flammes surgirent de nouveau autour de Harper, mais beaucoup moins puissantes que précédemment. Au-dessus de sa tête, la silhouette de

William changeait et se tordait en luttant contre le pouvoir de la chasseuse d'esprits. Celle-ci continuait sans se laisser troubler. Enfin, les cris de rage du garçon commencèrent à faiblir, jusqu'à cesser complètement. Levant les yeux, Harper constata qu'il s'était figé sur place, dans une expression de crainte et de colère.

Deux fois encore, elle répéta l'incantation en sonnant les cloches. Enfin, elle eut la certitude que le moment était venu. Alors, elle prononça les derniers mots de la formule :

– Quitte ce monde. Regagne le royaume des morts. Je te libère !

Il y eut un craquement sonore semblable à un coup de tonnerre, suivi d'un cri à glacer le sang qui obligea Harper à se boucher les oreilles. Puis l'image de William vola en éclats et disparut, tandis que l'eau de l'une des coupes prenait l'aspect d'une vase noirâtre.

Harper se laissa aller avec un immense soupir, aussitôt imitée par Mme Devereux.

– Bien joué, petite, la félicita l'esprit. Maintenant, tu dois jeter le contenu de cette coupe. Ce sont les restes malfaisants du garçon fantôme. Tu dois t'en débarrasser avant qu'ils n'attirent d'autres éléments nuisibles.

Harper recula dans un mouvement de dégoût.

– Qu'est-ce que je dois en faire ? Les jeter dans les toilettes ?

– Non, ça ne me marcherait pas. Le mieux est de vider la coupe directement dans un grand cours d'eau. Un fleuve, ou la mer. Ou sinon, le meilleur endroit serait en terre consacrée, sur le domaine d'une église.

Harper s'apprêtait à demander comment elle était censée transporter cette substance répugnante et toxique jusqu'à l'église, lorsqu'elle s'entendit appeler par une voix enfantine :

– Harper ?

– Michael ! C'est bien toi ?

– J'ai mal au cœur ! gémit le petit garçon.

Il se laissa glisser en bas de son lit et resta assis par terre en se tenant la tête entre les mains.

Harper se releva pour se précipiter à son aide.

– Harper ! Attends ! s'écria Mme Devereux.

Mais Harper ne pouvait pas attendre. Elle avait trop hâte de prendre son frère dans ses bras.

– Michael ! J'ai eu si peur pour toi !

Les petits bras de son frère se replièrent autour de son cou et se mirent à serrer, jusqu'à l'étrangler.

– Arrière, infâme créature ! cria Mme Devereux en projetant un éclair d'énergie sur le garçon.

Projeté en arrière, Michael libéra Harper de son étreinte. Celle-ci recula précipitamment et fixa son petit frère avec horreur. Son visage n'était plus celui de Michael, mais d'un vieil homme très pâle aux traits inquiétants. Il avait le front dégarni et des cheveux gris, dont les longues mèches tombaient dans son cou. Ses yeux rappelaient ceux d'un lézard, avec des pupilles rouges traversées par une fente noire.

– Je vous connais ! siffla Mme Devereux. Vous êtes le professeur Grady ! C'est vous qui vouliez contrôler les morts !

– Et maintenant, j'en ai le pouvoir ! répliqua-t-il avec un sourire mauvais.

Superposée au corps de Michael, sa longue silhouette débordait du torse du petit garçon comme une sinistre ombre chinoise. D'un geste vif accompagné d'une formule murmurée, il pétrifia Mme Devereux. Un second geste la fit disparaître.

22

LA MALÉDICTION DE GRADY

Le dixième jour - Final

– Qu'est-ce que vous lui avez fait ? s'écria Harper.

– Ceci est mon domaine, répondit le vieillard en tournant son ombre vers elle. Comme cet esprit n'était pas invité, je l'ai chassé hors de la maison. Ne te fatigue pas à essayer de l'invoquer. J'ai pris soin de refermer cette maison hermétiquement pour l'empêcher de revenir.

Le premier réflexe de Harper fut de s'inquiéter pour Rose. Où se trouvait-elle ? Était-elle en sécurité ?

Elle inspecta rapidement la pièce des yeux pour localiser ses coupes et ses cloches.

– Qu'a voulu dire Mme Devereux en parlant de contrôler les morts ? demanda-t-elle.

– Exactement ce qu'elle a dit, répliqua Grady avec un sourire démoniaque. Je suis le maître de tout ce qui est mort.

Il leva une main et une horde de gros rats noirs sortit des murs pour se ruer sur Harper. Celle-ci se couvrit les yeux en hurlant. Grady éclata d'un rire rauque, et elle se dit que s'il s'étranglait de rire, elle ne le plaindrait pas.

– Je suis prisonnier dans cette maison depuis plus de cent ans, reprit-il en se détachant du corps de Michael, qui resta figé. Une simple erreur, et je me suis retrouvé à regarder mon propre corps se désintégrer.

– Mais la police ne vous a jamais retrouvé.

– Parce que ce n'est qu'une bande de bons à rien sans cervelle. Est-ce qu'un seul d'entre eux a songé à aller regarder dans la cave ? Penses-tu ! J'y ai un laboratoire secret que personne n'a jamais découvert.

Voilà qui expliquait pourquoi l'atmosphère du sous-sol était aussi macabre. Harper frissonna à l'idée que le corps du vieux Grady se décomposait quelque part dans un coin de sa maison.

« Vas-y, continue à parler, vieux bonhomme », songea-t-elle.

– Que s'est-il passé ? questionna-t-elle en reculant discrètement. Comment êtes-vous mort ?

– J'étais convaincu d'avoir trouvé le secret de l'immortalité, mais ce n'est qu'en mourant que j'ai réellement découvert la vérité.

Il se volatilisa et reparut à quelques centimètres du visage de Harper, qui sursauta.

– Il fallait que je meure pour devenir immortel.

Sa silhouette parut se densifier en même temps qu'elle s'étirait en longueur. Ses longs cheveux grisonnants flottaient autour de son crâne dégarni. Il fixait Harper de ses petits yeux rouges et perçants, qui surmontaient un grand nez crochu et des lèvres minces.

– Merci de m'avoir débarrassé de William, reprit-il. Il m'a été très utile au fil des années, en particulier pour apprivoiser les plus petits, mais cette histoire de mère était une véritable obsession chez lui. C'était agaçant, et cela venait souvent se mettre en travers de mes plans. Au point que je comptais y mettre fin moi-même, une fois que je serais rentré en pleine en possession du corps de ce garçon.

– En quoi mon frère vous intéresse-t-il ?

L'homme-ombre sourit.

– Voilà une question idiote, petite fille, se moqua-t-il. Voyons, voyons… Qu'est-ce qu'un vieux mort comme moi pourrait bien faire d'une jeune et innocente créature vivante ?

Son sourire s'élargit, de plus en plus sournois, tandis que son ombre rétrécissait pour se superposer de nouveau au corps de Michael.

– Ressusciter, bien sûr ! Le voilà, le secret de l'immortalité !

– Non ! cria Harper, au désespoir. Laissez-le tranquille !

C'était une torture de voir le visage de son petit frère prendre une expression de vieux fourbe.

Soudain, une force invisible saisit Harper par le cou, la souleva et la plaqua contre le mur. L'étau autour de sa gorge se fit bientôt si serré qu'elle ne pouvait plus respirer. Dans sa tête, Harper appela Rose à l'aide désespérément, en priant pour qu'elle soit toujours dans la maison.

Au même instant, la porte s'ouvrit à la volée. Rose surgit sur le seuil avec des cris de sorcière et se mit à bombarder Michael avec tout ce qui lui tombait sous la main : ballons, craies, petits jouets, magazines, tout ce qui pouvait briser la concentration du vieux Grady sans risquer de blesser le petit garçon. Visiblement, cela marcha, puisque Harper retomba par terre. Aspirant l'air à grandes goulées, elle rampa à toute vitesse vers ses cloches, les saisit et les agita énergiquement en récitant la formule d'une voix forte.

Une seconde plus tard, Michael la projeta au sol et lui plaqua les bras dans le dos. Alors qu'il ne devait pas peser plus de quinze kilos, elle étouffait sous son poids comme s'il en avait pesé cinquante.

– Michael, arrête, l'implora-t-elle.

– Pauvre imbécile, lui dit-il avec la voix et l'expression du vieux Grady. Voilà plus de cent ans que j'attendais cette occasion de ressusciter. Tu ne m'arrêteras pas.

À cet instant, le gros coffre à jouets de Michael se souleva de terre et s'approcha de la tête de Harper en volant à travers les airs.

– Depuis tant d'années, je rêve de revivre ma vie dans cette merveilleuse époque moderne. Mais aucun des garçons précédents ne faisait l'affaire. Ton frère, en revanche, est puissant. Il a une forte aura. Il me servira efficacement, dans le monde des vivants comme dans celui des morts.

Les yeux remplis de larmes, Harper chercha désespérément une trace de son petit frère dans le visage de Michael. Le coffre à jouets se trouvait maintenant juste au-dessus de sa tête.

– Michael, chuchota-t-elle. Si tu m'entends, je t'en supplie, résiste. Bats-toi. Ne le laisse pas gagner. Je t'aime.

Pendant une fraction de seconde, elle vit passer un éclair dans les yeux du petit garçon, qui relâcha sa pression sur elle.

Puis, de sa voix d'enfant, il lui cria :

– Pousse-toi, Harper !

Libérée de son poids, celle-ci s'écarta tandis que le coffre à jouets s'abattait pile à l'endroit où s'était trouvée sa tête. Se laissant rouler vers son sac, elle y plongea la main pour prendre le pot de sel. Mais des mains puissantes la tirèrent en arrière par les chevilles.

– Le corps de cet enfant m'appartient, désormais. Tu ne m'arrêteras pas !

À ces mots, Harper se sentit de nouveau soulevée dans les airs. Un choc électrique lui parcourut ses veines et lui arracha un cri.

– Ah, le pouvoir de la forme désincarnée ! s'exclama Grady. Toute cette énergie brute, mais sans force de vie. Imagine de quoi je serai capable avec ce corps lorsqu'il aura grandi ! Je suis l'être le plus puissant du monde ! Et je serai immortel ! Contrairement à toi, malheureusement.

Grady projeta une nouvelle décharge sur Harper et la douleur fut telle qu'elle crut s'évanouir. Puis la secousse cessa brusquement et elle s'affala par terre. Soudain, elle vit son frère se couvrir le visage tandis que la voix de Grady hurlait de douleur à son tour. Perplexe, Harper tourna la tête et vit une Dayo paniquée, un gros pot de sel à la main. Celle-ci se précipita vers son amie et se hâta de former un large cercle de sel autour d'elles.

– Dayo ! Comment es-tu entrée ?

Dayo renforça le cercle de sel en tournant sur elle-même.

– J'étais en train de promener Citrouille quand j'ai vu tes parents partir en voiture avec ta sœur. Je l'ai entendue pleurer et j'ai compris qu'il s'était passé quelque chose de grave. Alors j'ai couru chez moi chercher du sel.

– Comment savais-tu qu'il fallait en jeter sur les esprits ?

– Grâce à Internet, bien sûr ! C'est une substance pure qui repousse les entités néfastes. Elles le redoutent beaucoup. Et on peut dire qu'il y a quelque chose de néfaste chez ton frère.

Dayo étouffa un cri alors que Michael, écartant les doigts de son visage, révélait des yeux rouges et brûlants. Elle saisit le bras de Harper dans un mouvement de panique.

– On fait quoi maintenant ?

Du coin de l'œil, Harper localisa ses grelots, ses cloches et ses coupes, posés non loin d'elles. Elle prit une poignée de sel, tendit le bras et dessina rapidement un deuxième cercle autour de ses instruments.

La créature aux yeux rouges les dévisageait d'un air mauvais. Harper rassembla ce dont elle avait besoin avec des mains tremblantes et s'agenouilla. Après avoir jeté les cendres du papier qui remplissaient l'une des coupes, elle y versa de l'eau. Puis, prenant ses cloches, elle se concentra en fermant les paupières et parvint aussitôt à ouvrir un passage vers le monde des esprits. Elle entonna alors ses incantations en secouant vivement les cloches. Cette fois, elle avait pris confiance en elle et sa voix résonna à ses oreilles avec assurance. Dans sa tête, elle sépara le fantôme du vieil homme du corps de son frère. Elle inspira à fond et imagina le sort d'entrave en train d'opérer, visualisant les longues chaînes métalliques qui s'enroulaient en serpentant autour du fantôme.

– Par le pouvoir de l'Ancien, je t'entrave. Tu ne feras plus le mal, répétait-elle en boucle. Par le pouvoir de l'Honorable, je t'entrave. Tu ne feras plus le mal.

– Je ne sais pas ce que tu fais exactement, lui lança Dayo, mais ça marche !

Harper ouvrit les paupières et vit le corps de son petit frère figé devant elle. Seuls ses yeux semblaient animés, et elle y lut la peur et la colère. Le sort d'entrave était achevé.

Enfin, Harper prit les grelots de *mudang* pour forcer le vieux fantôme à quitter le corps de Michael.

– Quitte ce monde. Regagne le royaume des morts. Je te libère !

La voix de Grady franchit les lèvres de Michael avec fureur :

– Jamais !

Ses yeux rouges lancèrent des éclairs et devinrent blancs, tandis que tout son corps se mettait à trembler.

Puis, avec une convulsion, l'esprit sortit de la bouche de Michael dans un souffle d'air glacé. Le petit garçon s'effondra, à demi inconscient, tandis que l'esprit flottait au-dessus de lui sous une forme pétrifiée.

– Quitte ce monde. Regagne le royaume des morts. Je te libère !

Harper fit de nouveau retentir les cloches de la Sagesse et de la Vérité et cria :

– Sors de chez moi !

Alors l'esprit explosa avec un long cri sonore, avant de se fondre dans le néant. L'eau contenue dans la troisième coupe s'épaissit en se teintant de noir.

Harper lâcha les cloches et se précipita vers son petit frère qu'elle serra de toutes ses forces.

– Michael !

– Tu m'écrases, lui parvint une petite voix étouffée.

– Mikey, enfin, c'est vraiment toi !

Elle l'aida à s'asseoir et l'étreignit de nouveau. Cette fois, il la serra aussi.

– Tu m'as sauvé, Harper. C'était horrible. Mais toi, tu m'as sauvé !

Elle ravala ses larmes.

– Tu es mon petit frère. Je serai toujours là pour toi.

À cet instant, des coups énergiques furent frappés sur la porte d'entrée et une voix familière appela Harper.

– Mamie ? fit Harper, ébahie. Mamie ! On est en haut !

Deux minutes plus tard, la porte de la chambre s'ouvrit et leur grand-mère apparut.

– Dieu merci, vous n'avez rien, dit-elle avec un énorme soupir de soulagement.

Elle s'agenouilla devant son petit-fils et lui serra la main.

– Bonjour, Michael. Je suis ta grand-mère. Cela faisait longtemps que je voulais faire ta connaissance.

– Bonjour, grand-mère, lui dit timidement Michael.

– Je ne comprends pas, intervint Harper. Comment as-tu su que tu pouvais entrer sans danger ?

– Je ne le savais pas, répondit mamie Lee. Après avoir été chassée de la maison, Mme Devereux m'a appelée à l'aide et je suis arrivée aussi vite que j'ai pu. Mais je vois que tu te débrouilles parfaitement sans moi !

– Harper a été géniale, confirma Michael. C'est une super dégommeuse de fantômes.

– Une chasseuse d'esprits, tu veux dire, corrigea Rose avec un grand sourire en apparaissant brusquement à la porte.

– Rose ! s'exclama Harper, soulagée. Tu n'as rien ! Je me demandais ce qui t'était arrivé !

– Oh, Grady m'a juste repoussée dans mon miroir, il ne m'a pas chassée de la maison. Mais je suis restée prisonnière jusqu'à il y a une minute. Tu as vaincu deux esprits malins, Harper ! Tu es fantastique !

Mais Harper ne se sentait pas fantastique. Elle se sentait plutôt épuisée et un peu instable sur ses jambes, et, en même temps, folle de joie.

Michael, qui fixait Rose d'un air inquiet, se cacha le visage lorsqu'elle se tourna vers lui en souriant.

– Je te présente Rose, ma meilleure amie, lui dit sa sœur. Elle vit dans le miroir dans l'entrée. N'aie pas peur, elle ne te fera jamais de mal.

Tandis qu'il saluait timidement l'esprit, Harper se souvint de la présence de Dayo. En se retournant, elle vit son amie à genoux, qui les observait sans comprendre.

– Mamie, je te présente mon autre amie, Dayo. On a eu de la chance qu'elle vienne nous sauver !

Elle la rejoignit, un peu inquiète.

– Ça va, toi ?

– Qui est Rose ? demanda Dayo d'un air ahuri.

Harper la serra contre elle, soulagée d'entendre le son de sa voix.

– C'est un fantôme ? insista son amie en lui parlant à l'oreille. Parce que je la vois qui flotte à côté de ta grand-mère.

– C'est vrai ? Tu peux la voir ? demanda Harper, tout excitée.

– Mais où est-elle passée ? Elle a disparu, dit Dayo en se redressant.

– Touche ton amie, souffla mamie Lee à sa petite-fille.

Harper obéit et Dayo sursauta.

– Ça y est, elle est revenue ! s'exclama-t-elle tandis que Rose la saluait en agitant la main. Comment fais-tu ça, Harper ?

Celle-ci haussa les épaules.

– Aucune idée.

Les deux amies se regardèrent ébahies, et Dayo se mit à prendre et à lâcher la main de Harper toutes les deux secondes sans cesser de regarder Rose.

– C'est clair que ça vient de toi, conclut-elle. Quand je ne te touche pas, je ne la vois pas.

Pendant ce temps, mamie Lee s'était agenouillée devant les trois coupes, dont elle examinait le contenu.

– Les pouvoirs de Harper se développent de plus en plus, dit-elle. Comme elle souhaite que tu voies Rose, elle parvient à te la faire apparaître quand elle te touche.

Puis la vieille dame sortit une boîte en plastique de son énorme sac et y versa l'eau remplie de cendres avant de la refermer soigneusement. Enfin, elle ramassa l'ensemble des objets et se dirigea vers la salle de bains.

– Qu'est-ce qu'elle fait ? demanda Dayo.

Harper lui répondit par une moue d'ignorance. Sa grand-mère revint en essuyant les coupes et les cloches avec un chiffon en soie blanche, et les rangea dans le sac qu'elle posa aux pieds de Harper.

– Félicitations, lui dit-elle. Te voilà devenue apprentie chasseuse d'esprits.

– Qu'est-ce que ça veut dire, mamie ? lui demanda Harper sans bien comprendre.

– Ça veut dire que tu as la capacité d'aider ceux qui ont besoin d'être protégés contre les âmes perdues et les esprits malins comme ceux-ci.

Elle souleva la boîte en plastique et la regarda d'un œil noir.

– Tu as encore beaucoup à apprendre, bien sûr. Par exemple, comment te débarrasser de ces restes spirituels néfastes. Il faut…

– Les jeter directement dans un fleuve ou en terre consacrée, comme sur le domaine d'une église.

– Comment sais-tu cela ? lui demanda mamie Lee, impressionnée.

– C'est Mme Devereux qui me l'a expliqué avant de se faire chasser.

– Il n'y a pas meilleur professeur que Mme Devereux, approuva mamie Lee.

Elle rangea la boîte en plastique dans son sac et observa la pagaille que l'esprit du vieux Grady avait semée dans la chambre.

– Bon, on ferait bien de ranger un peu avant le retour de tes parents, déclara-t-elle. Rose, ma belle, pourrais-tu me prêter un peu de ton énergie, s'il te plaît ?

L'esprit parut un peu perplexe, mais flotta docilement jusqu'à mamie Lee pour venir poser les mains sur les siennes. Mamie Lee ferma les yeux et la pièce reprit peu à peu son apparence habituelle. Le lourd coffre à jouets regagna sa place en flottant dans les airs, craies, magazines et jouets divers retournèrent se poser sur leurs étagères, et les cercles de sel et les éclats de verre qui jonchaient le sol disparurent. La seule chose qui ne se répara pas fut le carreau de la fenêtre.

Harper, Dayo et Michael restèrent un moment sidérés.

– Comment tu fais, mamie ? demanda Michael. C'est de la magie ?

La vieille dame secoua la tête d'un air amusé.

– C'est de la concentration d'énergie. Je la puise dans le monde des esprits, en me servant de Rose comme conducteur. Dans ma jeunesse, j'y arrivais toute seule, mais maintenant que je suis vieille, ça me fatigue trop. Il me faut un peu d'aide.

Harper ne s'était pas encore remise de sa surprise.

– Ça veut dire que moi aussi, je pourrai le faire plus tard ? questionna-t-elle, tout excitée.

– Mais oui, confirma mamie Lee. Ainsi que ton frère. Toi aussi, petit, tu as du pouvoir.

Et elle se pencha pour lui faire un câlin.

À cet instant, ils entendirent la porte d'entrée s'ouvrir et se refermer. Rose disparut, puis réapparut.

– C'est ta mère, annonça-t-elle.

– Je ne veux pas qu'elle te chasse, souffla Harper en agrippant le bras de sa grand-mère.

– Ne t'inquiète pas, tout va bien se passer.

C'est alors que Yuna entra, et fixa la scène avec étonnement. Mamie Lee était assise par terre avec Michael sur les genoux, tandis que Harper et Dayo les entouraient.

– Je vois que tu as reçu mon message, dit mamie Lee à sa fille.

– Quel message ? Mon répondeur ne…

– Je ne te parle pas de message téléphonique. Plutôt du genre de message qui t'a poussée à revenir précipitamment. C'est bien pour cela que tu es là, n'est-ce pas ?

– Je ne comprends rien à ce que tu racontes. Que se passe-t-il ici ?

– Regarde bien ton fils, reprit mamie Lee en poussant doucement le petit garçon vers Yuna. Tu verras qu'il va beaucoup mieux.

Michael rejoignit sa mère en souriant.

– Coucou, maman. Je vais bien, maintenant. C'est Harper qui m'a aidé.

Yuna, qui l'observait attentivement, lâcha un cri étouffé.

– C'est vrai ! Tu es redevenu toi-même !

Mamie Lee ramassa ses affaires et s'approcha de sa fille.

– Tu as failli perdre un fils à cause de ton esprit fermé. Parce que tu n'admets que ce qui te paraît logique. Mais le monde ne marche pas ainsi. Cette sensation qui t'a fait revenir en courant, tu ne la comprends pas, et pourtant tu es là.

– C'est l'instinct maternel, répliqua Yuna.

– Appelle cela comme tu voudras. Mais tu devrais essayer de te montrer plus ouverte vis-à-vis de ce qui nous dépasse tous, ou tu ne connaîtras jamais vraiment tes propres enfants.

– Qu'est-ce que je n'ai pas su voir ?

Harper s'approcha à son tour de sa mère.

– Tu te rappelles ce qui m'est arrivé à Briarly ?

Yuna frémit, l'air bouleversée.

– Oui. C'était le même genre de problème avec Michael ?

Harper confirma d'un hochement de tête.

– Mais c'est fini, maintenant, la rassura-t-elle.

Yuna se pencha sur le petit visage de son fils et l'embrassa. Puis elle prit sa fille dans ses bras. Enfin, elle releva la tête vers Dayo pour lui demander :

– Et toi aussi, tu as assisté à tout cela ?

Dayo leva les bras au ciel et se prit la tête entre les mains.

– Je ne sais pas du tout ce qui s'est passé, mais c'était incroyable ! Je n'ai jamais eu aussi peur de toute ma vie !

Le grand sourire qui lui fendait le visage contredisait ses paroles. Harper la serra contre elle.

– Et tu as été super courageuse !

Yuna semblait encore perdue, mais elle sourit devant la sensation de paix qui régnait enfin dans la maison.

– Et si on invitait Dayo et mamie à dîner ?

– Oh oui ! s'exclama Michael. Mamie, tu t'assiéras à côté de moi ? Comme ça, tu pourras me raconter plein d'histoires qui te sont arrivées !

– Ça me ferait très plaisir. Sincèrement, dit la vieille dame en effleurant l'épaule de sa fille.

Les yeux de Yuna s'embuèrent. Elle chassa les larmes d'un battement de paupières et se tourna vers Dayo.

– Crois-tu que tu pourrais te joindre à nous ? lui demanda-t-elle.

Harper ne put s'empêcher de rire en regardant son amie. À en croire son air hébété, celle-ci n'avait toujours pas compris ce qui venait de se dérouler sous ses yeux.

– Si tu manges avec nous, je t'expliquerai ! lui promit-elle.

– Entendu, dit Dayo. Il faut juste que je prévienne ma mère.

Tandis que tout le monde sortait de la chambre, Harper entendit sa grand-mère demander des nouvelles de Kelly.

– Elle a le nez cassé et exige une opération de chirurgie esthétique pour le redresser, soupira Yuna. Mais sinon, tout va bien.

– Elle va me détester pour toujours, alors ? demanda Michael, consterné.

– Bien sûr que non, mon chaton ! s'exclama mamie Lee. Te détester, c'est parfaitement impossible !

Tandis que les autres descendaient, Harper resta un peu en arrière. Elle était heureuse de voir sa mère et sa grand-mère se parler. Cela lui donnait de l'espoir pour l'avenir. Et peut-être sa mère se montrerait-elle un peu plus ouverte à l'égard des chasseurs d'esprits, désormais...

À cet instant, Rose reparut.

– On a réussi, lui dit Harper, non sans fierté.

– *Tu* as réussi, rectifia Rose.

– Je ne m'en serais jamais sortie sans toi. Tu m'as sauvé la vie. Comme chaque fois !

La silhouette de la fille fantôme luisit de plaisir.

– Je suis restée seule si longtemps ! J'aurais fini par disparaître au fond de mon miroir si tu ne m'avais pas trouvée.

Harper se sentit gagnée par un grand élan d'affection. Elle pourrait toujours compter sur son amie, s'appuyer sur elle. Comment avait-elle pu l'oublier un jour ?

– Merci d'être là pour moi, lui dit-elle. Merci d'être mon amie.

Rose la serra délicatement contre elle et Harper eut la sensation d'être enveloppée dans un nuage.

– Merci d'être ma meilleure amie, ajouta-t-elle.

– Je le serai toujours, répondit Rose.

Et elle disparut.

LE JOURNAL DÉBILE DE HARPER À WASHINGTON

NOTE N° 21

Des trucs que j'aime :

1. Ma première meilleure amie, Rose.

2. Ma deuxième meilleure amie, Dayo.

3. Habiter près de chez mamie Lee.

J'ai dit à papa ce qu'il y avait dans notre sous-sol, et il a fait venir des ouvriers pour creuser. Ils sont tombés sur un escalier caché dans un angle. En bas de l'escalier, il y avait tout un bazar de vieux instruments et de cahiers et, bien sûr, les os du professeur Alfred Mitchell Grady. Je ne les ai pas vus, mais papa a dit que le squelette était en parfait état de conservation. Apparemment, un musée est intéressé par le matériel et les papiers trouvés au sous-sol et au grenier. Ma mère s'est demandé si on ne devrait pas en conserver certains, mais j'ai dit qu'on ferait mieux de se débarrasser de tout ! Et elle a accepté. On n'a pas besoin de souvenirs de Grady dans cette maison.

Ce que j'adore dans le fait de vivre à Washington, c'est qu'on peut voir mamie autant qu'on veut. C'est génial qu'elle soit de nouveau dans nos vies. Mikey l'adore et même Kelly est plus sympa ces derniers temps. Je pense qu'à elle aussi, mamie a beaucoup manqué. Je vois que ma mère et ma grand-mère font de vrais efforts pour réparer leur relation. Et même s'il a fallu un fantôme malfaisant pour que ça arrive, ça en valait la peine. Mamie Lee fait du bien à maman. Elle l'aide à se détendre un peu.

Encore plus génial, mamie est venue aujourd'hui et elle m'a apporté une super surprise : mes cloches et mes coupes de chamane rien qu'à moi. (Elle voulait récupérer les siennes !) Donc, c'est officiel, me voilà chasseuse d'esprits junior. Et j'ai déjà de quoi m'occuper ! Dayo m'a parlé du parc hanté qui se trouve près du collège. On raconte que, là-bas, on entend un enfant pleurer tous les soirs au coucher du soleil. Et les petits se plaignent que quand ils veulent faire de la balançoire, quelque chose les pousse pour les empêcher de s'asseoir dessus. Alors qu'il n'y a personne.

Esprit frappeur ou fantôme malfaisant ? Il n'y a qu'un moyen de le savoir.

Le moment est venu de repartir à la chasse aux esprits.

Remerciements

Écrire, c'est difficile mais aussi extrêmement gratifiant. J'adore les mails, les petits mots, les lettres et les dessins que je reçois des lecteurs du monde entier. C'est là que je les rencontre pour de vrai et qu'ils me parlent en direct de ce qu'ils ont aimé dans ce que j'ai écrit. Je ne m'en lasse jamais. Mon premier merci va donc à tous mes lecteurs. Je vous remercie de lire mes livres. Vous êtes tous mes chouchous.

Ce livre n'existerait pas sans l'incroyable, géniale, super intelligente, drôle, merveilleuse Alyson Day, mon éditrice, qui m'apprend à être une meilleure écrivaine. Merci, Aly, d'avoir misé sur mon petit récit d'horreur.

Merci à Tessa Meischeid, la meilleure éditrice adjointe au monde, pour l'enthousiasme sans faille qu'elle témoigne à l'histoire de Harper, et pour toutes les petites choses sympas qu'il y a dans ses mails.

Merci au directeur artistique adjoint Joel Tippie et à l'illustrateur Matt Rockefeller, pour leurs magnifiques couvertures. Tous mes collègues écrivains sont jaloux. Un grand merci aussi au reste de l'équipe de HarperCollins : Suzanne Murphy, Kate Jackson, Kathryn Silsand, Alana Whitman et Gina Rizzo.

Et ma carrière d'écrivain n'aurait jamais commencé si je n'avais pas eu le meilleur de tous les agents, Barry Goldblatt, assisté de l'incroyable Tricia Ready. Grâce à leurs conversations sereines, leurs bonbons et leur soutien à 10 000 000 %, j'arrive à tenir la panique à distance. Aucun écrivain ne pourrait rêver mieux.

J'ai aussi l'immense chance d'avoir des lecteurs fantastiques, qui m'ont aidée à rendre Harper, Dayo et leur univers aussi authentiques que possible. Merci à Mike Jung, Martha White, Caroline Richmond et Elsie Chapman, mes tout premiers lecteurs ! Et toute ma reconnaissance et mon amour éternel à Tracey Baptiste, Nicola Yoon et Olugbemisola Rhuday Perkovich, qui ont été les derniers. Remerciements tout particuliers à mon adorable muse, Adedayo, que j'aime presque autant que sa mère ! On se retrouve bientôt devant un barbecue coréen et un ragoût de queue de bœuf jamaïcain ? J'en bave déjà sur mon clavier.

À propos de bave et de repas, j'ai beaucoup de chance d'avoir ma sœur Janet et mon beau-frère Laurent, qui estiment que le meilleur soutien passe par l'amour et les petits plats. Surtout les petits plats. Plein de petits plats. Des petits plats faits maison. Hmmm, ça y est, j'ai faim.

Merci à ma mère, qui ne lit pas mes livres mais qui est quand même toujours fière de moi. Maman, je t'aime !

Merci à mon chien Tokki, pour m'avoir protégée des fantômes qui m'ont rendu visite pendant l'écriture de ce livre. Cela dit, je ne le remercie pas pour ses pets. Pas grave, je l'aime quand même.

Et surtout, je tiens à remercier mon mari, Sonny, et mes enfants, Summer, Skye et Graysin. Vous êtes tout pour moi. Vous me donnez mon inspiration, vous donnez un sens à ma vie, et vous êtes les seuls à me faire rire au point de me faire faire pipi dans ma culotte. Sérieux, pour ça, il faudrait quand même arrêter. Je suis à court de sous-vêtements propres.

L'autrice

Ellen Oh, d'origine coréenne, vit aux États-Unis, dans l'État de Washington. Elle a étudié le droit et exercé le métier d'avocate avant de se lancer dans l'écriture. *Esprits maléfiques* est sa première série traduite en français.

Elle est également cofondatrice et présidente de We Need Diverse Books : une association qui promeut, aux États-Unis, la diversité dans la littérature jeunesse pour « un monde dans lequel chaque enfant peut se reconnaître dans les pages d'un livre ».

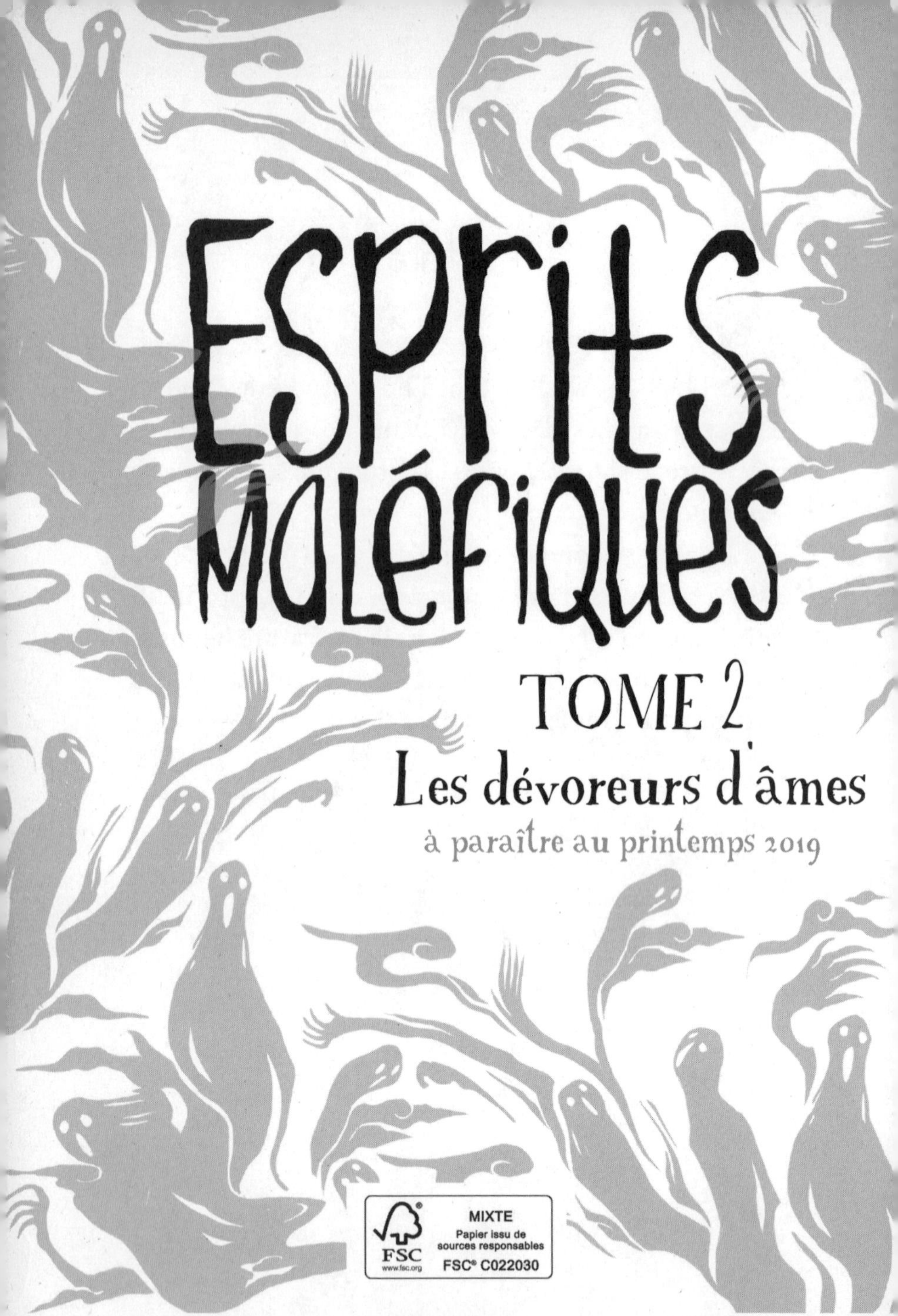

Esprits maléfiques

TOME 2

Les dévoreurs d'âmes

à paraître au printemps 2019

MIXTE
Papier issu de sources responsables
FSC® C022030

Achevé d'imprimer en septembre 2018 par GGP Media GmbH (en Allemagne)
n° éditeur : 10240127